Iceberg

© 2017, Octave Nolan

Edition : BoD - Books on Demand
12/14 rond-point des Champs Elysées, 75008 Paris
Imprimé par Books on Demand GmbH, Norderstedt, Allemagne
ISBN : 9782322099849
Dépôt légal : novembre 2017

Margot entend de façon sourde la voix d'un homme. Le téléphone, sur l'oreille d'Isabelle, étouffe la discussion. Elle ne comprend rien mais parvient à distinguer le côté formel de celui qui est au bout du fil. Isabelle, elle, ne répond que par des « oui » et laisse son visage se décomposer. Au fil des secondes, il se transforme et se marque d'horreur. Les expressions d'inquiétude du départ deviennent désolation. Isabelle regarde Margot dans les yeux et essaie tant bien que mal de lui cacher la vérité de l'instant. Une tromperie de plus dans leurs existences.
« Mais il vient juste de partir de chez nous avec ma fille... Il y a une heure qu'ils sont partis... Où dites-vous ?... »
Des larmes descendent d'un coup sur le visage morne d'Isabelle, qui s'assoit avec la pénibilité d'une femme d'un autre âge. C'est certainement à cet instant la seule chose en mouvement dans la pièce qui est comme arrêtée dans le temps. Isabelle est tétanisée. Sa main maigre se met en branle. Elle sait maintenant qu'il y a une fin à tout cela, que l'illusion aura été courte après une aussi longue attente.
Isabelle pose le combiné sur ses genoux et regarde à nouveau Margot dans les yeux. Elle avait imaginé s'en cacher un instant d'un revers de main. Margot s'effondre sur place. Isabelle raccroche alors que cette voix lui parle encore, plus un mot ne parvient à sortir. Margot se met à hurler, par terre elle se met en boule et semble vouloir déchirer le sol avec ses ongles.

Il y a parfois des moments où l'on doit fuir. Dans certains cas le choix de partir n'en est même plus un. Fuir parce que c'est vital, fuir parce qu'on ne peut plus rester dans ce qui ne semble que souffrance. Fuir parce que rester nous est impossible, mortifère même. Partir loin de tout ce qui fut, de tous, même de ce que l'on croyait ne jamais pouvoir abandonner. Fuir de tous ceux qu'on s'était juré de protéger. Il y a des jours où seule la perspective d'un autre monde, vide de tout ce que nous avons pu connaître, de tout ce que nous avons pu être, semble absoudre de ce qui nous chasse. Défiance de nous-mêmes, défiance de l'autre. Au revoir. Non, adieu !

Il y a parfois des moments où l'on doit revenir. À un instant, nous sentons au plus profond de nous qu'il nous faut revenir à la base, parce que c'est nécessaire, parce qu'il y a des choses que l'on a laissées et parce que ces questions sourdes mais existentielles restent sans réponses au plus profond de nous. Parce qu'en partant loin de tout, sans jamais nous retourner, nous avons laissé quelque chose, une réalité derrière nous. Une chose que l'on ne matérialise pas, insaisissable, qui n'a pas de mot précis pour être définie. Une réalité indicible et invisible, mais vitale. Tout a été rangé dans un coin de notre tête, dans un placard dont on a jeté la clé loin dans l'océan de nos oublis, enfoui à jamais sous un sable pressé par des millions de mètres cubes d'eau. Un an, dix ans, vingt ans, notre regard se pose sur cette serrure, comme il l'a tous les jours fait, et cherchera l'impossible pour retrouver la clé qui nous permettra de rechercher cette chose oubliée.

Lui, il aimerait savoir à quel moment un être humain se défait. Où se trouve exactement ce point de rupture ? Lui, est à la recherche de ce moment précis. Ce n'est peut-être pas grand-chose. Ce n'est peut-être qu'un mot ou qu'un geste qu'il fallait qu'il cri haut et fort pour que tout rentre dans l'ordre. Lui, veut savoir si son passé est enfoui ou encore là.

Hugo est dans l'avion, il regarde par le hublot et observe ces nuages lourds avec, comme posé en hologramme, le reflet de ce qu'il vient retrouver. Son regard est vide comme s'il avait tout à découvrir, à redécouvrir, un nouveau monde. Un regard qui n'a pas changé depuis ce jour en fait, mais qui pèse de façon différente sur l'instant. Tout semble clair et flou à la fois. Cela fait vingt ans qu'il est parti maintenant, vingt ans qu'il s'en est allé du jour au lendemain le plus loin possible, à l'autre bout du monde. Pour qu'on ne le retrouve pas, qu'on ne le retrouve plus, plus jamais. Il avait, dans l'absence et l'ignorance de tous, préparé un simple nécessaire qui passerait inaperçu. Il avait acheté un sac à dos et quelques vêtements la veille de son départ. Il n'avait en tout et pour tout que quelques francs dans la poche et, pour seul papier, son passeport. C'était un jour d'avril, un jour de printemps, un jour de promesses pourtant.

Paris, aéroport Charles-de-Gaulle, dimanche 7 mai 2017, 7h du matin. L'airbus A 320 se pose sur le tarmac parisien avec son lot de touristes de retour de vacances pour la plupart. Hugo n'a emmené qu'un sac à dos léger et rien de plus, ni bagage, ni valise. Un copier-coller de sa dernière fois dans ce hall. Cette image le saisit en récupérant son maigre sac. À cet instant, il se rend compte qu'il n'a rien construit depuis tout ce temps, qu'il n'a rien ajouté à sa vie. Il ne s'est, durant ces deux décennies, jamais avoué cette évidence. Il lui faudra juste entendre le son de sa langue maternelle pour le comprendre. Le ciel clair s'instruit des premières lueurs du jour avec une luminosité et une odeur qu'il avait oubliées. Le terminal, lui, n'a pas changé, il semble avoir toujours été vieux et sale. Les murs gris, dégueulasses en fait et un mélange d'odeurs infâmes, il avait toujours vu ce lieu comme une horreur architecturale. Pour Hugo ça a toujours été et le restera. Il prend la navette qui lui permet de changer de terminal et de prendre la correspondance pour Toulouse Blagnac. Il cumule ainsi quatorze heures de vols et de transits sans pouvoir fermer l'œil. Pas qu'il ait une phobie ou qu'il ait la moindre inquiétude à prendre l'avion, l'avion est une habitude pour lui depuis si longtemps, mais parce qu'il pense maintenant aux premiers mots qui l'attendent. Un taxi passe devant les arrivées de Blagnac. Hugo s'installe et sort trois cents euros en cash qu'il donne au chauffeur, « Alet les bains, c'est en dessous de Limoux dans l'Aude! », le chauffeur ne pose pas de questions. Pas un mot ne sort de la bouche du conducteur, sauf ceux pour lui demander d'épeler l'orthographe de son ancien village afin de le rentrer dans le GPS. Il n'entend ensuite de sa part que des mots d'insultes pour une femme au bout du fil, certainement la sienne qui vient d'apprendre qu'il ne sera pas là à l'heure pour la grillade des voisins. Il n'est pas facile de refuser un peu d'argent. Il reste des choses immuables. Il faudra près d'une heure trente pour arriver devant l'entrée, avec la porte à la peinture cloquée et au portail cassé. Il descend du taxi presque en marche arrière sans même dire au-revoir, il ne reconnaît plus ce lieu où il a pourtant vécu de nombreuses années. La voiture fait marche arrière et le voilà seul, debout avec son sac à bout de bras et cette hésitation qui l'assomme depuis qu'il a réservé son billet retour.

En quittant cet endroit, Hugo avait laissé sur la table une simple lettre. Il s'était attardé à trouver la formule, l'explication qui dédouanerait son geste, sa fuite. Il avait déchiré des dizaines de pages ne trouvant à chaque fois, ni la formule adéquate, ni le mot juste. Il voulait pourtant, dans sa faiblesse, trouver le dernier courage, celui d'une réponse. Elles ne se posaient pourtant pas de questions avant de l'avoir lu. Il a pris alors une simple feuille blanche où il a posé ces quelques mots :

« Vous ne comprendrez pas, je ne peux pas vous l'expliquer non plus. Je dois partir loin et pour toujours. Ne cherchez pas à me retrouver, ne cherchez pas à me joindre. Je m'en vais. Je vous donnerai de mes nouvelles quand je m'en sentirai la force. Pardon. Pardon et adieu. Hugo. »

« Il est là, il est là ! » hurle Margot dans un enthousiasme que personne ne lui connait. Elle court à travers toute la maison et appelle tout le monde qui se prépare à cette arrivée depuis la veille. «Venez, mais venez ! Maman, mais dépêche-toi ! ».

Hugo avait annoncé dans un courrier court qu'il reviendrait ce dimanche matin sans aucune autre explication. Pas de pourquoi, on ne savait s'il serait seul ou non ni combien de temps il serait là. Hugo avait l'habitude d'écrire à Margot, Olivia et Isabelle pour leurs anniversaires et pour Noël. Leurs dates d'anniversaires coupaient presque de façon parfaite l'année en quatre. À chaque fois, une carte d'un coin du monde, une de ces cartes que l'on envoie de vacances, avec un paysage paradisiaque, un cocotier ou un coucher de soleil. Il y en avait de tous les pays : Thaïlande, Vietnam, les Philippines, presque toutes les iles des Caraïbes, du Mexique, du Brésil, Afrique du sud, Egypte, Israël… Vingt ans d'absence et vingt pays différents. Chacune recevait la même formule, la même attention, les mêmes mots : « Bon anniversaire, je pense souvent à vous toutes, je vais bien, ne vous en faites pas, je vous embrasse, Hugo ». Ne vous en faites pas, Hugo n'avait jamais pu saisir la faiblesse de ces quelques mots.

La porte fatiguée s'ouvre avec violence et tient péniblement l'impatience de Margot. Elle le voit, le regarde immobile et figée, fébrile, son regard bout d'impatience. Le temps semble s'être arrêté, comme suspendu. Hugo, lui, reste inerte, comme absent, comme impuissant devant l'épreuve. Aucun battement de cils, seules des perles de sel donnent un

mouvement à son visage, des larmes sèches. Des perles enlevées par un léger vent tiède de saison. Margot se lance sur lui et avale la distance qui les sépare en deux pas. Elle saute à son cou et le sert aussi fort qu'elle le peut, comme pour le retenir. « Papa ! ». Elle le touche, pose ses mains partout pour effacer d'elle l'idée d'un mirage. Des larmes grosses comme ses yeux coulent et mouillent le vieux t-shirt d'Hugo. « Papa, c'est bien toi hein ? Tu m'as tellement manqué ! ». Hugo la saisit des deux mains par les épaules, la regarde, le visage toujours impassible. Il l'observe, pose ses yeux sur cette fille qu'il ne reconnaît plus, puis se libère d'un large sourire.
- Que tu as changé, tu as quel âge maintenant ? Trente-quatre ans, c'est ça ?
La voix d'Hugo résonne en elle comme dans ses souvenirs. Combien de fois avait-elle prié dans l'espoir que cet instant vienne ? L'attente laisse place à une excitation extrême, non mesurable, non palpable aussi, mais elle ne parvient pas à calmer les vibrations de son corps. L'ébranlement de l'instant, celui de la délivrance se crée. Elle le regarde au fond des yeux comme paralysée dans un corps incontrôlable et s'extasie de sentir ces mains fortes la prendre ainsi.
- Oui ! Mais ne reste pas là, viens, tout le monde t'attend.
Elle lui prend la main et l'emmène à l'intérieur avec insistance. Elle tire ses pas lourds et doit presque user de ses deux mains et de tout son poids pour lui faire passer ce seuil. Dans les yeux d'Hugo, passe l'image de cette porte qui se referme vingt ans plus tôt. Il n'est maintenant pour lui, plus possible de reculer à nouveau. Une simple porte en bois,

l'entrée d'une maison on ne peut plus commune, aura été pour Hugo l'image des passages de sa vie.

Hugo n'avait jamais laissé, ni adresse, ni numéro de téléphone. Jamais aucune d'entre elles n'avait pu lui envoyer la moindre lettre, le moindre appel. Chaque anniversaire résonnait en elles comme le soulagement de son existence. Mais jamais l'espoir d'une explication ne s'était présenté à elles. Hugo n'était pas mort puisqu'il écrivait et qu'il s'agissait bien de son écriture, mais c'était un fantôme, un homme inaccessible. Il n'était plus à leurs yeux que l'idée que quelqu'un qui avait un jour existé.

Après son départ, les premiers jours furent une horreur pour toutes les trois. Isabelle, son épouse, avait demandé à la police de le retrouver, de mener une enquête sur sa disparition. Elle avait montré la lettre et le fait qu'il n'ait rien emmené semblait suspect. Il n'était pas parti pour une femme dans ce cas, se disait-elle. La police lui expliqua qu'aucune recherche sur les personnes majeures ne peut être faite, qu'elles sont libres de partir sans laisser de nouvelles. Le capitaine Dumont avait à l'époque pris en empathie Isabelle en voyant son désarroi et lui avait promis de faire ce qu'il pourrait. Après avoir vérifié les hôpitaux et les morgues, il avait trouvé l'enregistrement de son passeport le même jour que sa disparition, un aller simple pour Bangkok en Thaïlande depuis Toulouse Blagnac, Hugo n'y était jamais allé auparavant. Le gendarme n'a pas eu plus de nouvelles pour Isabelle et ses filles après ça. L'ambassade n'avait pas eu plus d'informations non plus, mise à part la certitude qu'il était arrivé dans le pays depuis Paris Charles de Gaulle, fin avril.

Rien n'a changé depuis qu'il avait fermé cette porte un matin d'avril, tout est identique. Elle est étrange cette scène, une sorte de flashback s'impose à lui, le miroir d'une vie passée. La lettre était là, posée sur le meuble bas de l'entrée. Il s'en souvient, il avait posé ses yeux une dernière fois sur cette vie qu'il allait quitter. Il avait eu sur le moment ce sentiment que l'on partage parfois lorsque l'on enterre un proche, il était triste, effondré de devoir quitter de ce qu'il avait tant aimé, tant désiré, mais il y avait aussi un sentiment de soulagement, celui qui libère de la souffrance. Il avait fermé cette porte avec la même délicatesse que l'on ferme la bière. Un geste doux et solennel. Il se rappelle encore le cliquetis de la gâche, ce bruit sec qui scellait sur l'instant un retour alors impossible et la cruauté de ce choix. Il revoit aussi ce cercueil qu'il avait refermé quelques années auparavant sur l'image de sa mère partie trop tôt de maladie. De voir cette porte se rouvrir lui donnait l'impression que l'on rembobinait la scène qu'il avait tant de fois revue en lui.

Elles sont toutes là. Isabelle a mis une robe légère de printemps et on voit sur son visage l'attention particulière qu'elle a mis à peaufiner son maquillage. Assise sur une chaise, son visage semble dessiné, elle arbore un sourire beau mais vieilli. Le regard d'Hugo s'ouvre afin de mieux la regarder, mieux la voir et la reconnaître aussi. Olivia est adossée contre le chambranle de la porte qui mène au salon. Elle est grande, méconnaissable, jean slim, baskets et chemisier. Margot le tient toujours, elle ne peut lui lâcher ni la main ni les yeux. Tous se regardent dans un mutisme léger et grave à la fois. Isabelle ne le quitte pas des yeux et fait osciller son sourire au rythme des prunelles de l'homme qui se posent sur elle. Olivia, jette des coups d'œil aussi discrets que désinvoltes. Hugo ne peut saisir s'il y a une gêne commune ou si l'obligation de l'instant délie ces échanges visuels. Il ne reconnaît plus la petite fille de huit ans qu'elle était, il cherche dans ses souvenirs. Elle a juste gardé ses longs cheveux blonds et ondulés, c'est tout ce qu'il reconnaît. Il cherche mais n'arrive pas à voir les yeux de sa cadette qui s'échappent à chaque fois qu'il tente de la regarder. Elle lève son regard mais le dissimule sous sa chevelure dense. Soudain, d'un geste de main lent et ralenti, elle se saisit de cette mèche qui la couvre et doucement laisse entrevoir son visage en la posant derrière son oreille. C'est alors qu'Hugo baisse les yeux, par pudeur, par méfiance aussi peut-être.

Après la stupeur, l'horreur de sa disparition, toutes trois s'étaient imaginé le pire. Qu'il soit mort quelque part, qu'on l'ait obligé à partir, une mauvaise rencontre... Tous les scénarii de livres et de films se collaient au fantasme de ce qu'elles ne pouvaient pas s'expliquer. Des nuits de pleurs s'étaient enchaînées pour toutes les trois avec, à cette période, la sensibilité propre de leur âge. On l'a assassiné, il est parti pour une autre femme, on l'a enlevé, il s'est donné la mort quelque part afin qu'on ne le retrouve pas... Rien, non, jamais rien ne les avait préparées à cette disparition soudaine. L'incompréhension était totale, obscure.

La première carte était venue du sud de la Thaïlande, de Phuket. C'était huit mois après cette lettre posée sur la commode. Elle était arrivée pour Noël. Il y avait pour la première fois ces mots, « Joyeux Noël, je pense souvent à vous trois, je vais bien, ne vous en faites pas, je vous embrasse, Hugo ». Ces mêmes phrases qui seront répétées sur chacune de ses cartes envoyées. Il y eut ce soir de réveillon un soulagement, celui de le savoir vivant, la promesse d'un vœu de Noël. Mais il y eut aussi la naissance d'une colère. Une colère sourde au départ. Une tension grandissante qui mourra seule, faute de trouver sur qui s'abattre. Un reflexe humain qui pousse à toucher cet état de ressentiment quand nous ne comprenons pas, quand malgré tous nos efforts, l'impuissance prédomine nos existences et s'emmêle dans une rage incontrôlable. C'est la colère de l'abandon malgré l'amour, celle de la fuite sans explication, celle de la désillusion puis, pour finir, celle de la haine. Une haine à l'existence même de cet homme, parce qu'il était et est encore. Il y eut des jours où chacune d'elles, sans en souffler mot aux autres auraient préféré qu'il soit mort.

Isabelle le regarde de manière étrange. Son regard cherche à savoir s'il est le même que celui qu'elle a connu, si ses traits ont changé, s'il y a encore en elle cet amour qu'elle lui portait autrefois. Lorsqu'il l'a quittée, ils avaient tous deux trente-huit ans, et étaient mariés depuis quinze ans. Ils s'étaient connus sur les bancs de la fac de sociologie de Toulouse, université Jean Jaurès. Ils avaient eu le parcours d'un couple ordinaire, des sorties entre copains au début, des baises dans tous les lieux possibles de la capitale rose, puis une stabilité avec leurs premiers boulots près de Carcassonne et l'achat de cette maison. Un mariage en fanfare à vingt-quatre ans et l'arrivée de Margot l'année suivante. Olivia naîtra, six ans plus tard parce qu'ils devaient penser à leurs carrières, l'envie d'un deuxième enfant était passée après le travail.

Isabelle était amoureuse et ne jurait que par « son Hugo ». Il était tout pour elle. À l'époque de leur rencontre, elle avait, avant lui, essuyé quelques désillusions amoureuses et avait trouvé en lui l'homme idéal : beau, cultivé, aimant… Un bon parti, disaient ses parents. Elle avait construit avec lui une belle famille, une réussite dont elle était fière et qui la comblait.

Au premier regard, elle ne reconnaît en lui que ses yeux bleus. Tout le reste est différent. Une chevelure dense et des cheveux qui ondulent à mi-longueur, le châtain de sa coiffure s'était en quelque sorte délavé en un mélange blond paille et blanc. Il porte une barbe de quelques centimètres qui semble avoir été entretenue pour l'occasion mais qui est entièrement blanche. Il a un teint exagérément bronzé et une peau marquée par le soleil. Il ne porte sur lui qu'un vieux jean usé avec des claquettes de plage éculées, un tee-shirt délavé, élimé et lâche puis un sweat-shirt à capuche orné d'un logo de bar d'un autre monde complètement bouloché. Il ressemble à être un vieil hipster qui ne sait pas qu'il est à la mode.

La veille de son départ, Hugo s'habillait de façon décontractée mais on disait de lui à l'époque qu'il avait une certaine distinction, une certaine élégance et faisait partie de

ces hommes qui prenaient soin d'eux. Il avait alors les cheveux courts, toujours bien coiffés et était sans barbe, un style vestimentaire simple, baskets, jean, chemisette et veste de costume. Toujours parfumé et une joie de vivre certaine… Isabelle sentit en elle le bouleversement qu'elle avait fantasmé tant de temps. Hugo n'est plus celui qu'elle a connu mais quelque part, cet aspect la rassure lui semble t'elle sur le moment. Cependant ses yeux réveillent en elle une nostalgie des années de bonheur qu'elle avait eu auprès de lui jadis. Se tiraille alors en son sein, la confusion de ceux qui ne vivent jamais leur fantasme et ceux qui le touchent. Assise, elle ne sait si elle a la force de se lever et d'aller vers lui.
- Bonjour Hugo.
- Bonjour.
Sur leurs deux visages, s'étire un sourire timide, semblable à celui de leur première rencontre, comme celui qu'on arbore à une première entre adolescents. Ils oscillaient entre gêne et timidité, un moment de non-dits nécessaires à chacun. On aurait crû un rendez-vous arrangé entre deux inconnus. Des retrouvailles programmées d'émission de télévision. Un moment à la fois fort et grotesque.

Hugo s'approche et se met face à Isabelle. Elle se lève instantanément, comme attirée de façon violente à ce qu'on pourrait nommer une scène. Elle fantasme en son for intérieur, comme depuis toujours. Tous deux se tiennent face à face, les visages à portée de tout geste charnel, à l'ivresse d'un kidnapping adolescent. Hugo sourit et,

lentement, comme si le temps voulait sublimer l'instant, il pose ses lèvres sur sa joue avec une délicatesse confuse.
- Bonjour Isabelle.
Isabelle ferme les yeux et prend le temps d'apprécier l'instant. D'accepter ce qui malgré elle, fut sublime. Puis elle tente, de se souvenir de cette dernière fois où Hugo avait eu cette attention pour elle, de cette dernière fois où elle avait avec regret senti ses lèvres sur elle sans en apprécier le plaisir dans une précipitation quotidienne. Hugo avait, d'après elle, toujours eu des lèvres exquises et une délicatesse particulière dans ses baisers. C'est bien lui, se dit-elle, c'est mon Hugo, il est de retour !

Olivia n'a pas bougé, toujours adossée sur le bâti de la porte du salon, elle regarde la scène enfermée dans un mutisme qui laisse planer une atmosphère un peu plus confus et plus pesante encore.
Hugo quitte les yeux d'Isabelle et se tourne vers elle. À cet instant, elle laisse entrevoir ses yeux bleus. Un regard d'une profondeur incroyable mais glaçant, sublimé par une peau frêle, presque d'enfant, et d'une blancheur rare pour quelqu'un de la région. On dirait une poupée, un personnage irréel de film.
Hugo ne sait que dire alors qu'Olivia semble dévorer l'homme sur place. Il y a dans la vigilance de la jeune fille, une expression indéfinissable. Il serait impossible à qui que ce soit de dire ce qui se passe en elle, si la timidité l'empêche de lui sauter dessus, si elle ne reconnait pas cet étranger ou si la scène se passe devant elle dans une indifférence grave et singulière.

- Bonjour Olivia, tu es magnifique toi aussi... tu ressembles beaucoup à ta maman.
Hugo avait dit ça avec précipitation, parce qu'il savait qu'elle ne briserait pas la glace et qu'il fallait dire quelque chose, mais parce que c'était une réplique qu'il avait préparée aussi. Il s'était mis en tête quelques phrases toutes faites afin de dire quelque chose, de ne pas rester dans l'embarras de l'émotion. Olivia ne ressemble pas du tout à sa mère. C'est son calque, c'est lui avec un sexe de femme. La voix timide et tremblante de l'homme tranche avec un physique qui pourtant semble fort. La jeune femme reste impassible et son regard blême traduit comme une indifférence, comme si elle n'avait rien entendu de ces mots ridicules, de ces mots timides certes, mais audibles à tous pourtant.
- Bon, on va bouffer ? Ça fait deux jours qu'ils cuisinent tous et qu'ils nettoient cette baraque pour qu'elle soit présentable. Moi, j'en ai rien à foutre mais bon, ils se sont cassés le cul... Puis j'ai faim !
Hugo a un sourire confus. Il savait que son retour serait une épreuve dans tous les sens du terme, que rien ne serait facile. Il avait imaginé tant de scénarii, enfin, imaginé n'est pas vraiment le mot... Hugo se forçait à ne pas se faire de film et évitait de penser à un probable ou à un possible. Seules ses nuits le narguaient avec ces images qu'il ne voulait pas prévoir. À dire vrai, il ne savait pas s'il serait reçu avec des fleurs ou des pierres. Il serait là et devait accepter le sort qu'on lui réserverait.

Le salon n'a pas changé lui non plus. Aucun objet n'a été déplacé depuis toutes ces années. La maison semble vieillie, comme terne, mais identique, comme laissée à l'abandon, attendant son retour pour reprendre une certaine forme d'existence. Même son vieux fauteuil est là avec ce coussin difforme qu'il aimait tant, il se calait dedans des heures entières pour lire en face de la cheminée. Il le regarde comme un enfant regarderait un jouet oublié et retrouvé avec surprise, avec nostalgie. Nostalgie. Sur la table du salon, une foison d'amuses bouches et de préparations culinaires semblent vouloir déborder sur le sol. Des coupes de cristal laissent entrevoir que l'occasion est à l'ouverture d'une blanquette de Limoux ou d'un bon Champagne. La porte fenêtre ouverte laisse entrer dans la pièce une odeur de fraicheur printanière, un courant d'air nouveau, une faveur, pour cette pièce, qui semble en être interdite depuis des années. De dehors s'exhalent des odeurs propres à la région, une odeur de terre rouge chauffée par le soleil mélangée à la floraison des premières plantes méditerranéennes de saison, genêt, thym et laurier. Le printemps tout entier semble chercher à cacher le parfum poussiéreux et rance des murs.
Hugo reste là, immobile et tous prennent place dans ce salon exigu, dans une sorte d'euphorie soudaine. La gêne donnant d'un coup place à une impatience qui ne peut plus se cacher. Tous s'en vont, s'asseoir et préparer une chose commune comme si la tension de ces retrouvailles s'était dissipée d'un coup. Isabelle passe par le réfrigérateur pour en sortir les bulles, Margot dispose les verres d'une façon méthodique, presque chirurgicale sur la table de salon déjà bondée. Olivia s'affale à la meilleure place, dans le canapé, sans complexe,

laissant trainer la moitié de son corps qui occupe ainsi presque toute sa longueur.
- Mais viens t'asseoir... là, à ta place... dans ton fauteuil, lui dit Margot, qui semble devenir intenable.
Hugo prend place de façon lente sous tous ces yeux qui regardent ses moindres pas et gestes. Il pose son sac tout à côté de lui. Un sac si petit que personne n'a même pensé à lui en débarrasser. Il élève le regard et sourit avant de ricaner bêtement. Un rictus benêt et nerveux. L'atmosphère générale n'a pas de sens, elle semble comme liée à un élastique émotif, lunatique.
Tous le regardent et ne disent rien. La scène ressemble à un fantasme, une scène qu'elles pensaient si improbable, impossible même. Hugo dans ce fauteuil restitue en elles l'image d'un autre temps.
Tous attendent, un mot, une explication peut-être, une histoire, un récit, n'importe quoi, mais elles attendent. Elles attendent comme on attend la providence. Mais rien ne sort de sa bouche. Seul le souffle d'un courant d'air qui claque la porte fenêtre stoppe cette parenthèse que tout le monde voulait voir fermer.

Margot saute d'un bon du canapé de cuir usé et saisit une coupe.
- Nous avons prévu du champagne, maman nous a dit que tu n'aimais pas ça, enfin que tu n'étais pas fan des bulles mais on l'avait déjà acheté alors...
- Ça ira très bien.
- Comment s'est passé ton voyage ? Tu viens de loin, de l'ile Maurice peut-être parce que pour l'anniversaire de maman,

tu étais à l'île Maurice alors… Enfin j'en sais rien, je dis ça comme ça. Comme on a vu que tu changeais de pays tous les ans sur les cartes que nous avons reçues. Enfin, on sait où tu es trois fois par an parce qu'Olivia ne nous a plus montré les siennes depuis des années et comme elles sont sous enveloppe… Tu as assez de Champagne ?...
Margot parle dans une précipitation démente. Hugo se souvenait d'elle comme d'une enfant posée et réfléchie. D'une fille intelligente, qui prenait le temps nécessaire à poser les bonnes questions. Elle avait à ses yeux cette qualité et cette force précoce de poser les instants de la vie, d'analyser et de ne pas tomber dans la précipitation. Dépassée par son excitation, Margot sort de son impatience avec fougue et laisse paraître en elle la frayeur, d'un instant trop court, d'une nouvelle fuite.
- Oui, ça ira très bien. Oui je viens de l'île Maurice et le voyage s'est bien passé. Il n'y a pas eu de retard.
Hugo a une voix timide et effacée, une voix gênée, comme un enfant qui tente de s'exprimer au milieu d'adultes qui le regardent. Il se saisit de la coupe tendue par Margot et sent après ces quelques mots la même gêne qu'il y a à peine quelques minutes. Il retrouve son sourire qui laisse en suspens et un nouveau ricanement.
- Mais je parle trop.

- Hum hum…
Un homme, pourtant assis depuis le début dans ce canapé et semblant comme spectateur au milieu d'une pièce de théâtre, tente de dire quelque chose avant de se faire couper par Margot.

- Oh mais je ne t'ai pas présenté Loïc, c'est mon mari, enfin on s'est mariés l'an passé et l'on projette de faire un enfant l'année prochaine. Il est ingénieur chez Airbus, à Toulouse. Mais ça tu le sais qu'Airbus est à Toulouse, je suis bête. Bah oui, enfin ça n'a pas été facile pour lui de trouver ce poste. Alors si je tombais enceinte plus tôt, ça aurait pu être préjudiciable pour sa titularisation alors. Oui, même les femmes d'ingénieur maintenant doivent montrer pattes blanches pour que leur mari ait un poste, c'est fou hein !...
Hugo se lève de son fauteuil et tend la main à celui qu'il n'avait pas vu avant de se manifester.
- Enchanté Loïc. Ravi de vous rencontrer.
- Tout le plaisir est pour moi monsieur, tous vous attendaient avec impatience vous sav…
- Bon, moi je crève la dalle, allez santé mon cul hein !
Coupe Olivia dans une vitesse qui met à la scène un décalage brutale et surprenant, une coupure qui met tout le monde mal à l'aise. Mais tous prennent leurs coupes pour faire semblant que tout est normal, et un à un, lèvent leur verre au retour d'Hugo. Aucun verre ne se cogne ; la timidité, le malaise peut-être, ou bien l'impossibilité de situer la célébration, garde ces coupes pleines dans les mains de chacun.
Isabelle lève son verre et dit d'un ton joyeux :
- À ton retour Hugo.

Hugo lève avec lenteur et hésitation son verre, et le garni d'un sourire de circonstance. Une sorte de rictus nerveux, toujours le même, mais différent. En lui, une confusion inédite lui tiraille le corps et l'esprit. Il sait que son retour ne

se calque pas avec les attentes de tous. Lui sait. Il est venu chercher cette clé, cette chose qui l'a forcée à revenir, celle dont il a besoin pour savoir si ces vingt ans ont suffit à combler ou à oublier peut-être ce qui l'a poussé à fermer la porte de cette vie un jour.
Il n'avait jamais pensé au retour, jamais cru qu'il en aurait la force. Il ne savait même pas s'il survivrait après. Il se savait les jours comptés, la faucheuse au pied de sa porte attendant qu'il la laisse entrer pour un dernier voyage. La coupe de Champagne levée, un vide s'empare de lui, un vide qu'il éprouve avec horreur. Une horreur singulière mais une attente aussi.

Après avoir entendu ce clac, il avait mis un certain temps à lâcher la poignée, en lui, se tiraillait l'idée que ce geste était celui qui scellerait sa vie mais aussi la vie de tous. Il avait été fort, peut-être froid même, lui semble-t-il avant cet instant. Tout avait été préparé avec minutie pour que personne ne sache, pour que ce ne soit pas visible.
Il vivait normalement et avait même plaisanté au dîner de la veille. Il avait raconté une série de blagues qu'il avait entendues aux « Grosses Têtes » sur RTL dans l'après-midi. Il avait l'habitude de rigoler à table, Isabelle le trouvait fatiguant à la longue, après autant d'années, mais Margot aimait ces instants où son papa la faisait rire. Il était monté embrasser ses filles, comme il le faisait tous les soirs et ne s'était pas attardé plus que d'habitude. Ils avaient avec Isabelle, dans le lit, parlé des prochaines vacances familiales d'été et avaient envisagé de prendre une location sur la côte

ibérique espagnole. Ils s'étaient embrassés et s'étaient endormis comme tous les jours.

Au matin de ce 21 avril, c'était un lundi, Isabelle avait emmené les filles à l'école avant de partir faire quelques courses. Une semaine qui démarrait pour l'ensemble de la famille, de manière tout à fait normale. Hugo, lui, avait dit qu'il avait un rendez-vous professionnel à 10 heures et qu'il resterait donc à la maison pour faire quelques papiers avant d'y aller.
Une fois parties, il avait refait le lit et rangé quelques affaires qui trainaient, comme à son habitude. Il avait débarrassé le petit déjeuner et avait fait la vaisselle. Il était allé au grenier où il avait préparé ses quelques affaires. Tout était déjà prêt. Il s'était avancé vers l'entrée. La porte, vitrée sur le haut, laissait passer une lumière particulière ce matin là. Une lumière de printemps mais aussi une de ces lumières que l'on s'imagine quand nous quittons nos corps, une lumière à la fois douce, intense et enivrante. La lumière de Dieu, celle qui nous guide à lui. Hugo s'est avancé vers elle et retira de sa poche, avec douceur, la lettre qu'il regarda avant de la poser délicatement comme si elle était sacrée. Ce geste avait donné naissance à une émotion triste qu'il sut retenir. Le clac de la poignée la développa quelques secondes plus tard. Des larmes se mirent à couler quand il lâcha la poignée et qu'il prit le chemin de sa fuite. Il ne se retourna pas. Pas qu'il ait peur de faire marche arrière ou qu'en lui se ressasse une nostalgie quelconque qui le forcerait à faire demi-tour mais parce qu'il sut que ce choix le condamnerait à mort.

Hugo stagne dans une gêne que tous sentent et d'une certaine manière partagent aussi. Chacun cherche une façon d'utiliser ses mains, de les occuper pour casser la froideur de l'événement. Isabelle arrange le plateau d'amuse bouche parce qu'Olivia, qui est la seule à l'avoir touché, s'est saisie de quelques petits fours ici et là.
Margot se met à rire.
- Bon je propose une idée, chacun raconte ce qu'il veut.

Hugo eut comme une pause en lui. Il put, un instant, comme arrêter le temps. Tous ces yeux qui le regardent, cette table bien préparée, cette maison astiquée de fond en comble. Toutes ces remarquess lui sautent d'un coup au visage. Il a, un instant, un moment de lucidité. Il souligne que même s'il ne connaît pas leurs habitudes, parce qu'après autant de temps, on ne peut plus savoir, il ressent que chacun a pris un soin particulier à la façon de se vêtir. Il se rend compte du décalage, de l'opposition singulière dans la préparation. Hugo n'a même jamais eut à l'esprit que l'événement pouvait se prêter à une certaine distinction. Ce retour est semblable à ces moments particuliers d'une vie, un baptême, un mariage ou même un enterrement, du moins aux yeux des autres. Hugo n'a sur lui que de maigres frusques usées et des claquettes fatiguées. Il se sent laid et déplacé. Jamais depuis des années, il n'a pris conscience de son apparence, jamais il ne s'est soucié de son reflet dans le miroir. Non pas qu'il fuyait son image. Mais parce qu'il n'avait plus conscience qu'il en avait une. Laid, qu'est-ce que le laid, et de fait, qu'est-ce que le beau ? Alors que tous attendent un mot de sa part, une explication, n'importe quoi mais pourvu que ça vienne de lui. Il se demande ce qui est beau et ce qui est laid. Ce qui fait qu'il se sente laid. Il les regarde et les trouve plaisants à regarder, beaux même. Il y a en eux quelque chose de bon et d'apaisant. Peut-être est-ce un repère, celui d'une vie passée et rassurante dans son souvenir. Non, ce n'est pas ça. Seuls ceux qui sont en harmonie avec le monde, avec l'univers peuvent être beaux. Lui, ne se sent pas à sa place. Deux décennies que ce sentiment est dans une sorte de maturation, en fermentation. Autant de temps où il ne se s'était pas rendu compte que ce mot qu'il cherchait sans le vouloir allait se poser à cet instant.

Il s'en était allé, volant ainsi leurs espoirs, leurs rêves. Détroussant sa famille de cette unité qu'elle croyait acquise. Toutes les familles croient que l'amour est un principe acquis, normale, et immuable. Souvent il se réveille au milieu de la nuit comme sursautant d'un cauchemar et tout en reprenant ses esprits, il se rend compte que jadis il a fait autant de mal qu'on lui en avait fait. Il avait été assommé, détroussé, laissé pour mort, puis le voleur était parti avec son bien. Il se levait chaque jour avec un goût particulier en bouche, un goût sans aucune saveur reconnaissable. Cela ne ressemblait ni à de la nourriture ni à quoi que ce soit qu'il aurait eu de sa vie au palais. C'était douceâtre et odorant mais parfois si fort, si puissant qu'il en avait la nausée. L'amertume de la trahison ou de cet envol involontaire mais actif.

- Bah oui, comment ça va depuis le temps ? Ça fait un bail qu'on s'est pas vus, non ? On pourrait se raconter nos vies… Je suis désolée de péter l'ambiance, on dira encore que c'est de ma faute mais c'est une blague, une vaste blague, un foutage de gueule, une tromperie, un sketch, une mascarade, que dis-je une mascarade, un carême-prenant ! Je me la joue Cyrano, je rigole hein, je ne voudrais rien gâcher de ce moment précieux mais on n'est pas au théâtre là, c'est la vie là, la vraie vie, notre vie, ma vie putain de bordel de merde! J'ai pas, ni l'envie ni le besoin de m'étaler sur la venue de Monsieur Hugo.

Ça va toi ? Tu te sens bien ? Bon moi, ça fait vingt ans que je cherche mon père qui s'en est allé pour je ne sais quelle raison. Mais c'est pas grave, on va bien, je vais bien, puis y'a des substituts à l'absence. Olivia commença à énumérer sur ses doigts : alors y'a l'alcool, la dépression, c'est sympa ça, t'as essayé, puis après la drogue. Alors le bon cocktail c'est : bonne déprime, puis bien se bourrer la gueule, dessus tu mets un bon gros pétard et, si le cœur t'en dit, une cerise sur le gâteau, un truc qui te décolle tellement la tête que tu en oublies même que pour être là, tu es venue des couilles d'un géniteur…

- Olivia ! Arrête tout de suite, coupe subitement Isabelle dans un ton plein de reproches et confus.

- Quoi arrête tout de suite ? Ça vous va de dérouler un tapis rouge à celui qui nous a abandonnées. Maman, t'as pas assez souffert ? Toi maman, comment tu fais bordel ? La colère d'Olivia tombe et laisse la jeune femme dans une déprime solitaire. Elle se tient la tête puis s'assoit à côté de sa sœur. Elle a le regard bas et fuyant, elle fuit le regard pourtant embarrassé de son père. Les larmes naissantes font briller ses yeux donnant à son visage une profondeur encore plus troublante.

- Je vais y aller !
Loïc se lève et tend la main au visiteur. Je vais m'en aller monsieur. C'est mieux ainsi, Margot voulait que je sois là mais je lui avais dit que ce n'était pas une bonne idée. Qu'il fallait que vous vous retrouviez seuls, tous les quatre seuls. Excusez-moi monsieur, j'ai été heureux de vous rencontrer, peut-être aurons-nous la chance de nous revoir dans des conditions plus sereines, je l'espère. J'ai été ravi de vous voir, vraiment. Margot m'a tellement parlé de vous vous savez.
Tous le regardent sans rien dire, parce qu'il n'y a rien à dire, parce qu'il a raison aussi, mais surtout parce qu'il a le courage de son acte. Hugo se lève à son tour et rend la main au jeune homme afin de le saluer.
- Pour moi aussi, ce fut un plaisir Loïc. J'espère que nous aurons une occasion de discuter et de se connaître très bientôt.
Hugo serra fermement sa main comme s'il avait de l'estime pour son geste mais aussi pour lui dire la gratitude d'avoir été là. Loïc, se tourne vers Margot et l'embrasse avant de lui dire doucement à l'oreille qu'elle peut prendre le temps nécessaire, qu'elle ne doit pas se faire de soucis pour lui et qu'elle peut rentrer quand elle le veut. Il quitte la pièce sous le regard muet de tous et salue une dernière fois la pièce avant que l'on entende la porte claquer.

- Elle a raison, nous devrions nous parler un à un, chacun notre tour dit Isabelle. C'est mieux ainsi. Chacun a des pensées personnelles à dire, à attendre aussi. Qu'en penses-tu Hugo ?
- Oui, tu as sûrement raison.
- Margot ? Peux-tu lui montrer la salle de bain du haut, la mienne, que ton père se prenne une douche. Peut-être, car tu es venu directement je crois. Peut-être veux-tu te reposer avant ?
- Je vais prendre une douche oui, puis je reviens tout de suite après.

Hugo redescend lentement l'escalier, la tête rafraîchie par une douche glacée parce qu'il fallait qu'il se refroidisse les esprits, et s'égare à regarder tous ces objets qui n'ont pas changé d'un pouce depuis son départ. Les mêmes peintures, les mêmes tableaux dans la descente d'escalier, même ce tableau qu'il avait choisi lors d'un week-end à Lisbonne avec Isabelle, un tableau très coloré et surréaliste de la ville, qu'il avait aimé mais qu'elle détestait. Elle n'avait rien dit par amour, parce qu'elle avait vu ses yeux briller devant cette toile à cet instant. Hugo était quelqu'un de spontané, quelqu'un qui s'émerveillait de la vie et de ses trésors. Il était à fleur de peau dans ses sentiments et son approche aux belles choses de la vie. Il savait apprécier chaque instant et se dire épicurien, adorateur des émerveillements de l'existence. Il aimait collectionner les beaux ouvrages, il prenait soin de chercher et de lire toute la collection de ses auteurs favoris. Puis l'art, il aimait l'art, sous toutes ses formes, dans la sculpture, la peinture, la musique, le cinéma... Il n'était pas rare qu'il emmène tout le monde à la sortie d'un film ou pour une exposition. Il savait rester des heures à regarder une œuvre sans bouger, juste pour la regarder dans ses moindres détails. Il faisait ça petit déjà, devant un feu de cheminée, devant un spectacle qui attirait toute son attention. De ce fait, il adorait aussi voyager, découvrir le monde. Cependant, il n'avait pas besoin d'aller loin, les villes de France et ses frontières limitrophes lui offraient déjà beaucoup. Il parlait de voyages, de ces gens qu'il aimerait rencontrer, de ces lieux où il aimerait vivre. C'était un rêveur, un rêveur réaliste comme il aimait se décrire. Il parlait d'un article qu'il avait lu dans un magazine

ou d'un lieu dont on lui avait narré les merveilles et il se mettait en tête de le parcourir. Il était comme ça Hugo, un épicurien-rêveur-réaliste. Le long escalier touche à sa fin et il se rend compte que la maison est muette, il se sent alors, comme seul et ne sait où aller. Pourtant il s'avance dans le couloir et vit Isabelle assise sur une chaise dans la cuisine, silencieuse et sereine. Elle le regarde venir vers elle sans rien dire, immuable. Il se met face à elle puis d'une voix douce, elle lui dit :
- Prends une chaise, je t'en prie.
Hugo reste debout, la seule chaise qu'il y a dans la pièce est disposée pour qu'ils se retrouvent face à face, proches, très proches. Malgré la tiédeur de la pièce et la douche qu'il vient juste de prendre, il a une suée, qu'il ne peut cacher et qu'il essuie d'un geste de manche. Il reste debout et fait un hochement de tête comme pour dire qu'il est prêt. Prêt à recevoir les mots du jugement, du désespoir, d'une plaidoirie peut-être, il n'en sait rien. Il s'était à la fois, dans ses confusions, tout et rien imaginé. Il savait que ce qui arrivait devait arriver. C'est le moment.

- Pourquoi es-tu revenu Hugo ?
- Je ne comprends pas ? Je…
- Comment ça tu ne comprends pas !? C'est pourtant simple comme question non ? On n'a pas su pourquoi tu étais parti, et apparemment tu n'es pas là pour nous le dire. Mais pourquoi tu es revenu, ça, tu peux me le dire. Au moins à moi. Mais ne t'en fais pas, je ne le dirai pas aux filles, je le garderai pour moi. Je te laisse libre de leur dire ce que tu veux. C'est encore les tiennes tu sais. Parce qu'elles sont en

attente tu sais, une réponse, un espoir, une promesse, une explication, une excuse… j'en sais rien moi mais quelque chose.

Isabelle a dans la voix une forme de colère, un ton grave et autoritaire. Elle a en elle, en plus de ses questions, ses responsabilités de mère, l'engagement du rôle dans l'implication. Dans l'intonation, l'empressement de savoir guide les traits de son visage. Enfin. Savoir, puis dire aussi et surtout. Dire ces mots qu'elle n'a jamais eu la liberté de lui envoyer par courrier. Elle a les lèvres pâles et tremblantes, un ébranlement qui trahit à peine l'ampleur de sa colère.

Hugo est comme désarçonné mais il savait ce passage, cet échange inéluctable. Il lui faut affronter cette épreuve, assumer ses actes. Assumer son choix d'il y a vingt ans, son non-choix. Dans ses yeux, bas, comme un enfant que l'on gronde, et son visage fermé, Isabelle peut lire l'assurance qu'il ne dirait rien jusqu'à ce qu'elle lui ait tout dit. Hugo allait répondre à ce qu'elle aurait à lui reprocher. Et ce, quels que soient ses mots.
- Mais prends une chaise au moins, ne reste pas debout, je ne vais pas te bouffer. J'en' ai ni l'envie, ni l'intention, ni la force. Tu sais, je t'ai pardonné Hugo, j'ai oublié aujourd'hui. Au début, ça a été dur, ça je ne te le cache pas. Mais mets-toi à ma place aussi. Moi, j'étais heureuse Hugo, oui heureuse !!!! J'avais tout, toi, les filles… On était bien non ? Je n'ai pas compris.
- Je ne sais pas quoi dire Isabelle.

- Non mais... Tu ne sais pas quoi dire ! Tu pars du jour au lendemain en nous laissant seules, sans savoir même si tu étais vivant. Tu disparais toutes ces années, puis après quelques mois on reçoit une carte postale depuis la Thaïlande avec des palmiers. Non mais tu sais ce que l'on a vécu ? Une carte postale ! Super les enfants, papa est juste parti en vacances et il a oublié de nous le dire. Mais ça va aller, regardez, il est revenu après vingt ans pour payer les loyers, les factures et pour élever ses filles !!!!

Isabelle est montée en quelques instants dans une rage folle, une forme d'hystérie qu'elle contrôlait mal, qu'elle ne contrôlait plus, qu'elle s'était pourtant promise de contrôler. En elle sont revenues toutes les épreuves de son absence. Toutes ces étapes déchirantes saignent d'un coup. Comme si, en quelques secondes, elle avait pu vomir la souffrance enfermée en elle depuis si longtemps.

- Je n'ai pas de réponse Isabelle. Enfin, pas les réponses à ces questions. J'en suis désolé.
La voix faible, tremblante, presque sourde d'Hugo est pour Isabelle un déchirement. Elle sent en elle, certes une colère, mais elle peut sentir en lui une déchirure, une épreuve inconnue mais sans doute toute aussi grave, toute aussi semblable. Elle peut voir son corps qui lui pèse, un corps trop lourd, trop faible, trop meurtri pour supporter ces mots, les siens aussi peut-être.
- Tu peux oui... être désolé.
La voix d'Isabelle a perdu de sa force, de son intensité et porte maintenant le poids de la désolation. Elle se sait

esseulée depuis si longtemps mais les quelques mots de cet homme trahissent un parcours qui se calque au sien.

- Il fallait que je parte, il le fallait pour vivre, enfin pour survivre, enfin… C'était compliqué Isabelle.

- Bah nous aussi, ça a été compliqué Hugo. Je ne veux plus savoir pourquoi tu es parti, ça ne changerait rien de toute façon, j'ai fait une croix sur une explication depuis bien longtemps. Je n'ai jamais pu divorcer puisque tu étais vivant et injoignable mais j'ai essayé de refaire ma vie, j'en avais le droit. Deux ans après ton départ, j'ai rencontré un mec, puis un autre et encore un… Mais ça n'a jamais marché, je te cherchais, toi, dans les bras d'un autre. Pffff. Après quelques tentatives, tu vois comment j'appelle ça, des tentatives ! Pourtant ils ont été doux, présents pour les filles, aimants. J'avais besoin d'amour tu sais, elles avaient besoin d'amour aussi, d'un père. Je les ai virés, dégoûtés, j'ai abandonné, c'était peine perdue… c'était peine perdue… Pas glorieux hein ! Hein ?

Bah tu ne vas pas répondre. Bien sûr. Puis de toute façon, je n'attends pas que tu le fasses tu sais. Je n'arrive même pas à t'en vouloir. Et puis j'ai été malade, un cancer du côlon, on m'a amputée d'un mètre d'intestin il y a dix ans, puis trois mètres de plus deux ans plus tard. Apparemment je suis soignée. Enfin apparemment. Regarde-moi, j'ai près de soixante ans, je n'ai pas eu de vie sexuelle depuis mes quarante-cinq ans, je suis seule, sans amant, sans amour, sans amis, sans vie sociale. Et j'essaie encore de me faire belle pour toi, aujourd'hui. Parce que même si j'ai voulu me le retirer de la tête, je t'aime encore… Oui, je t'aime encore. Pathétique hein !

Le ton de sa voix a encore changé et fait place à une forme d'aveu ou de confession. Isabelle avait préparé ces mots tant de fois. Tant de fois, elle les avait préparés en elle, dans son esprit, dans ses pleurs et ses colères, dans ses rêves aussi. Son ton rageur, ravageur et furieux a laissé place à une tristesse singulière. Son visage se ferme petit à petit puis s'évanouit. Une larme puis d'autres dégringolent jusqu'au sol. Elle a envie de les essuyer mais comme dans une dernière force, elle se retient pour ne pas lui laisser en plus la gloire de sa pudeur.

- Tu ne dis rien... En fait, tu as raison, ne dis rien. Il n'y a rien à dire. Depuis mes opérations, je suis en dépression. Je n'ai jamais réussi à remonter. Sept ans que je ne travaille plus, autant d'années que l'on se sert la ceinture. Il me reste trois ans avant de toucher une retraite, je vis du RSA, on vit du RSA. Tu sais ce que cela signifie ? Parce que depuis tes paradis, tu ne dois pas savoir. Le RSA est le revenu de solidarité active, ce qu'on donne à ceux qui n'ont rien, pour garder une illusion de décence, de dignité bordel. Heureusement le crédit de la maison se termine l'an prochain, ça sera plus simple. Margot ne vit plus ici. Je crois qu'elle est partie vite pour me soulager en fait. Mes parents ont fait ce qu'ils pouvaient pour nous. Papa n'est plus là, il est parti d'une crise cardiaque il y a douze ans, maman est seule. Puis Jean aussi a essayé de nous aider, il n'a pas su quoi nous dire, puis lui aussi a disparu, c'était ton meilleur ami, il avait dans les yeux quelque chose que je n'ai jamais saisi. Margot attend beaucoup de toi Hugo, ne la déçois pas.

J'ai réussi à la maintenir à flot tant bien que mal alors ne gâche pas tout, pas avec elle s'il te plaît.
- D'accord.
- Elle est fragile tu sais. Olivia aussi mais elle le cache, ou alors tu es parti quand elle était trop jeune, je n'ai jamais su la cerner. Moi, c'est une chose, je suis peut-être la cause de ton départ, c'est peut-être ma faute non ?
- ...
- Fais ce que tu veux Hugo avec Margot. Raconte-lui la vérité, des mensonges, que tout est de ma faute même, n'importe quoi. Fais-lui croire que tu reviens pour toujours ou si tu t'en vas que tu reviendras, ou qu'elle peut venir te voir. Même si c'est faux mais ne gâche pas tout. Elle attend tellement !
Je n'ai pas compris Hugo. C'est ça mon drame, notre drame, à toutes ! Je n'ai pas compris ! Tu étais pourtant si prévenant avec nos filles. Toujours là pour elles, pour les amener au sport, pour les aider aux devoirs. Le soir Hugo, tous les soirs tu allais leur faire un câlin et je vous entendais rire comme des fous. Ça ne t'a pas manqué ça ?
- Bien sûr que si, ça m'a manqué. J'ai été obligé… Je…
- Obligé ? Mais obligé de quoi ? De qui ? Pourquoi ? Non, j'ai rien dit…
Isabelle oscille entre colère et dépit, entre ses envies de tout savoir, enfin, et de ne rien savoir, surtout.
- Tu devras leur parler Hugo. Avec moi tu peux te taire mais il faut leur parler. Tu n'es pas obligé de le faire aujourd'hui. Ça peut être demain ou plus tard. Dis-leur ça si tu ne peux pas aujourd'hui. Dis-leur que ça sera plus tard mais ne les détruis pas. Elles ne méritent pas ça. Pas encore.

Dans leurs deux visages, s'inscrivent comme la même expression. Ils doivent rendre des comptes, elle comme lui, lui comme elle. Ils doivent se dire des choses, percer l'abcès, crever ces non-dits mais l'épreuve n'était pas préparable, pas anticipable. En eux, se passe la même confusion, le même constat. Toutes ces années n'auront pas suffi à trouver ce qu'ils cherchent depuis si longtemps. Vingt ans n'auront pas suffi à calmer le feu de cet amour autant que celui de cette colère. Autant d'années de non-dits et en eux reste encore la pudeur du secret.

Isabelle est passée par tant d'épreuves. Avant qu'il ne parte, tous vivaient dans un certain confort. Tous deux gagnaient bien leur vie et ils ne manquaient de rien. Le côté financier n'avait jamais été un souci. Ils avaient acheté la maison à crédit sur vingt et un ans, une belle maison avec quelques travaux à faire mais avaient trouvé dans cette bâtisse, la typicité des vieilles pierres de la région. Hugo s'attelait aux travaux le week-end et Isabelle s'occupait des tâches ménagères de la maison. Tout allait pour le mieux et à deux, ils savaient s'accorder un week-end détente de temps en temps. Restaurants et sorties mer ou montagne étaient usuels. Aux yeux de tous, de leurs familles et de leurs amis, ils étaient un couple idéal, une famille modèle, un exemple à suivre.

Hugo prend enfin la chaise et se met face à Isabelle avec hésitation. Il lui faut la force, le courage de faire face, d'assumer même dans son mutisme. Les yeux bas, il ne peut se résoudre à la regarder en face. Désaveux de sa faiblesse, de son emprise encore trop présente sur ce qu'il a quitté. Qu'il est difficile de se retrouver face à ses responsabilités, face au désarroi des autres, de sa faute. Il a toujours su qu'il avait causé du tort en partant, qu'il causerait du mal sans même poser ses mains et sans dire quoi que ce soit. Que la peine serait là, soulignée par l'interrogation. Il avait choisi la fuite pour cette raison aussi, pour ne pas voir ce qu'il allait détruire.

Il n'a jamais su pourquoi il lui avait fallu ce temps, ces temps en fin de compte. Il lui avait fallu deux jours à l'époque pour prendre cette décision, il lui avait fallu vingt ans pour revenir et malgré ces années, il ne savait toujours pas sur le moment s'il était prêt. En lui, quelque chose de fin, de discret et presque d'impalpable l'avait poussé à revenir, à trouver enfin ses réponses. Il avait fui pour échapper à ses démons, à ses émotions qu'il ne pouvait plus supporter. Il savait que rien n'était résolu, que les raisons de son évasion étaient toujours ici, dans ces murs, dans ces lieux.

Hugo se sent prisonnier. Il s'est toujours senti prisonnier, que ce soit avant sa fuite ou durant ses années d'exil. Mais aujourd'hui, les yeux de ses geôliers le scrutent, en état d'alerte et travaillent contre lui. Il reste docile et ne défend pas particulièrement son dernier bastion. Il voit les yeux d'Isabelle qui, du haut de leur position, le consolent à reculons. Il n'y a pas de question précise, pas de suspicion, mais l'inexorable tremblement de son salut qui le rattrape au travers de ces regards qui demandent. « Il » est son propre bourreau, son propre geôlier. Les soupçons ne manqueraient pas de disparaitre et avec le temps de ces attentes, la vérité triompherait. Il aurait aimé avoir un miroir pour se voir se dire que tout ceci est absurde, que tout ceci est de lui et que l'illusion du naufrage n'a en-soi autant de sens que celle de l'embarcation. Il aimerait la vérité, pouvoir la dire, l'affirmer, la renier mais c'est la sienne et il a choisi de la subir dans la beauté de l'intention et la laideur de la conséquence. Il regarde Isabelle avec des yeux neufs puis sans s'en rendre compte plonge son regard dans un aveuglement, il part dans une absence et la revoit comme si c'était hier. Oui, elle est belle, elle a pour elle une beauté furieuse, une beauté qui enivre et qui désarçonne les plus grands chevaliers, une beauté qui lui était interdite. Il revit alors en lui ces derniers jours, ceux de son dernier anniversaire, de ces lieux où il la tenait dans ses bras et il eut un sourire comme peuvent avoir ses nouveau-nés, un sourire d'ange. « Tu es si belle, je t'aime… ». De lui sortent ces mots, sans contrôle, comme si son corps parlait pour lui, sans qu'il ne le veuille. Elle ne répond pas. Comment peut-il dire une telle chose aujourd'hui, une parenthèse en forme d'incise ? Y a-t-il eu un jour un sens à tout ça ? Il se sent cruel, sadique d'avoir posé ces mots. De se les être dis à nouveau. Le geôlier a terni le travail de son bourreau ou l'inverse ? Les yeux toujours clos, il la revoit, elle est belle et ses lèvres ne peuvent s'empêcher de créer l'indicible, le baiser du bouleversement suprême, ce qui a tout changé. Non, rien n'a changé alors il ouvre à nouveau son regard sur celle qui le regarde pour ne pas retomber dans une confusion. Mais la confusion est toujours là, celle des sentiments. Il pleure sans s'en rendre compte. Isabelle ne peut pas comprendre l'instant, ce que vient de vivre Hugo en son for intérieur. Sa vérité reste immuable, il aimerait lui dire qu'il est désolé de ce qui vient de se passer mais il ne le peut pas alors il se lève, tourne le dos puis quitte la pièce en silence. La plaidoirie est terminée, le jugement est pour bientôt.

«Pardon Isabelle, je ne voulais pas, pas devant toi...
 Je plaide coupable ».

Margot l'emmène dans le jardin. Elle aime bien le jardin, elle a toujours aimé le jardin, être dehors, dans la nature. Petite, elle y allait tout le temps et par tous les temps.

En revoyant cet endroit, Hugo ne le reconnaît plus tant les jeunes arbres plantés, du temps où il jouait encore avec elle, avaient poussé. Il eut alors en lui la vision de cette petite fille allant à la chasse aux coccinelles ou aux escargots. Il avait construit, bien qu'elle ne devait avoir que cinq ou six ans, avec quelques planches, une sorte de château pour y mettre toute une colonie de ces gastéropodes. Ils avaient pris soin de le peindre de toutes les couleurs tous les deux, de le garnir d'étendards colorés. Margot y avait son royaume. Elle amenait chaque jour des feuilles de salade et repartait à la chasse aux fuyards. Chacun avait un nom propre, choisi avec minutie, et chacun avait une histoire. Il la suit et revoit sa princesse comme il l'appelait auparavant. Il revoit sa robe fluide voler, une robe blanche avec d'énormes points rouges, dans ses courses folles derrière les papillons de printemps. Cet enfant était devenue femme, épouse et elle sera mère un jour. Elle est belle, gracieuse et il se dit que même s'il ne se sentait plus être son père, d'une certaine façon, il avait réussi de belles choses finalement, dans son ancienne vie, que tout n'avait pas été si noir que ça cependant même s'il n'y était pas pour grand chose.

Tous deux s'assoient sur la pelouse, au-bas d'un arbre, à l'abri de la maison afin de se retrouver seuls. Margot regarde son père, avec une forme d'admiration, singulière et personnelle. Elle le contemple longtemps, de la tête aux pieds. C'était la première fois qu'elle pouvait se retrouver seule face à lui. Depuis son adolescence, Margot attendait ce moment et prend avec une légèreté propre le temps de savourer cet instant. Il n'y a plus en elle d'empressement, la précipitation de ses mots a laissé place à une lenteur peu commune. Hugo se laisse faire et désire au moins lui offrir cet instant indescriptible.

- Papa ?
- Oui ma princesse ?

Margot a un sourire radieux et spontané en entendant cette désignation qu'elle a tant chérie. Il n'a pas oublié, il s'en était allé mais n'avait pas oublié les moments qu'il avait eus avec elle. Ces mots précis avec l'intonation unique qu'il y mettait en les prononçant en l'appelant de la sorte.

- Qu'est-ce que tu as fait tout ce temps ? J'aimerais que tu me racontes. Que tu m'expliques ta vie.

En lui posant cette question, elle avait dans l'intonation de sa voix une douceur presque puérile, comme si ce n'était pas la femme mais la jeune fille de 14 ans laissée il y a si longtemps, qui posait pour la première fois les mots de son incompréhension.

Hugo se pince les lèvres et lève la tête au ciel comme s'il voulait trouver la force de Dieu, comme s'il devait peser, mesurer chacun de ses mots, pour ne pas se tromper, pour ne pas la tromper avec les seuls mots qu'il pouvait alors lui dire. Il prend une grande inspiration puis gonfle la poitrine fortement avant de souffler doucement en rentrant cette fois la tête. Margot comprit alors le poids de sa question, le poids des mots qu'il devait alors assumer. Mais elle sut, elle sut qu'il allait répondre. Parce qu'il était là pour ça, parce qu'avec la force de ses faiblesses, il donnerait une réponse.

- Je suis moniteur de plongée sous-marine. Tous les ans je change d'école ou de club, de pays aussi. Je promène des touristes sous l'eau, pour les emmener voir les beautés de ce monde. Celui du silence. Je suis devenu moniteur en Thaïlande, il y a vingt ans. Quand je suis arrivé là-bas, il me fallait travailler, gagner ma vie. Comme j'aimais plonger pour le plaisir à l'époque, j'ai trouvé un club qui m'a formé et nourri, logé en contrepartie de divertir du touriste. J'ai eu cette opportunité et je ne l'ai plus jamais lâchée. J'ai fait une saison puis j'ai voulu partir. Alors j'ai changé de pays, pour voir d'autres horizons, pour rencontrer d'autres gens, d'autres cultures. J'ai fait ça pendant vingt ans à travers le monde. Je posais mon sac ici et là, souvent le fruit du hasard. Un club qui me débauchait ou un touriste qui me mettait en contact avec quelqu'un qui recrutait. Je travaillais sept jours sur sept, du matin au soir. Je ne prenais presque jamais de congés... Il prend un temps, comme une pause pour reprendre son souffle, trop court ou pour réfléchir à ce qu'il pouvait dire. Margot voit sa poitrine se gonfler et se dégonfler de façon saccadée et brutale. Sa souffrance est palpable. Ce n'est pas une souffrance subite mais une souffrance qu'il s'impose comme pour se punir d'une chose qu'elle ne peut alors saisir.

À bien y réfléchir, je crois que je n'ai jamais pris de congés en fait. Je m'accordais juste le temps du déménagement, du transfert... Hugo se mit à avoir les yeux vagues, il cherchait des mots qu'il ne trouvait plus, qu'il n'avait plus. Margot vit en lui, en plus de la douleur physique liée à sa faiblesse, sa détresse.

…Je crois que c'est tout en fait, je crois que je n'ai pas fait autre chose que ça pendant toutes ces années.
Margot ne peut se résigner à ne savoir que ça, de toutes ces années d'absence et même si elle veut le ménager, elle ne peut se retenir et veut plus, encore en fait, même pour ne rien entendre ou ne rien savoir, elle veut qu'il parle et parle encore, elle veut connaître son père et entendre sa voix.
- Mais tu as rencontré des gens, tu as des amis ? Des attaches ? Tu as rencontré d'autres femmes ?
- Non, je n'ai eu personne.
- Comment ça personne ? Mais, c'est pas possible personne.
Hugo eut une sorte de rictus, un sourire en coin nerveux, une gêne à peine dissimulable, une honte ou l'aveu brutal d'une vérité inavouable et honteuse.
- Si c'est possible Margot, personne ! J'allais au travail, je faisais mon travail, je répondais aux questions des clients, je mangeais seul, je vivais seul, je dormais seul. Pour dire vrai, je pense bien que c'est pour cette raison que jamais les patrons ne me retenaient. Je devais être trop distant, trop austère, trop solitaire.
- Mais ?
Margot n'ose pas emmener son père dans un retranchement qu'elle voit au combien douloureux pour lui. Elle avait tant rêvé de cet instant tant voulu son retour, retrouver l'homme qui avait tellement manqué à sa vie. Son père était une perte complète, sans nom, sans comparaison aucune. Enfant, elle s'était toujours sentie proche de lui, elle était toujours collée à lui, toujours à se blottir dans ses bras durant des heures. Elle aimait même s'endormir de la sorte. Le souvenir de ses bras forts revient en elle comme un appétit féroce qui la

gagne soudainement. Elle le regarde plus intensément encore puis se jette dans ses bras pour s'y blottir. Hugo, surpris mais ému de retrouver ce qu'il pensait perdu s'enveloppe autour d'elle et a des larmes de joie qu'il efface avec pudeur. Il n'a pas ressenti cette tendresse depuis si longtemps. Un manque qu'il n'avait jusqu'alors jamais ressenti mais qui d'un coup, pesait du poids de ces années. Comme s'il prenait conscience d'un seul coup du temps de l'absence.
- Je n'ai jamais voyagé, enfin je n'ai jamais vu le monde. Il est comment le monde ?
Surpris, il laisse ses larmes sécher et prend une grande inspiration comme s'il s'apprêtait à lui donner une mauvaise nouvelle, comme s'il n'était malheureusement qu'un porteur de désillusions.
- Le monde a bien changé depuis que je le parcours tu sais. Mal changé ! Avant, les gens voyageaient par passion, par désir de découvrir d'autres terres, d'autres cultures et d'autres hommes. J'ai toujours été près de la mer et quand ils venaient me voir, ils venaient avec une envie, des rêves. Je les emmenais voir des merveilles, des endroits vierges avec des décors somptueux, les fonds étaient alors incroyables, remplis de poissons de toutes sortes. Il y avait tant de beautés, tant de sublimes. Et je les partageais, c'était je crois la seule chose que j'arrivais encore à faire, partager du beau. Aujourd'hui... maintenant c'est plus pareil. Ils arrivent par charters et ne viennent plus découvrir mais viennent consommer. C'est une course effrénée au ridicule, au laid et au répugnant, chacun prend son ticket et fait la queue pour obtenir sa dose de souvenirs à ramener via mini caméra. Ils

arrivent ventripotents avec des kilos de valise pour que là-bas ressemble à chez eux. Il n'y a presque plus de club de plongées indépendants, tout est géré par des complexes hôteliers. Alors, on me les envoie, chaque année plus gros que la précédente. Ils arrivent avec les mêmes burgers qu'ils mangent chez eux à la main puis avec un cocktail dégueulasse mais qu'ils boivent pour se dire qu'ils sont en vacances et qu'ici, tout leur est permis, all inclusives ! Alors ils jettent ça à leurs pieds parce que la poubelle est trop loin pour leurs gros culs mais surtout parce qu'ils n'en ont rien à foutre de tout. Alors je les équipe, je leur explique les consignes de sécurité, ce que l'on va voir. Au début, ils m'écoutaient, en sortant de la grande bleue, ils avaient des étoiles dans les yeux, je pouvais voir des ponts d'étoiles. Ils ont tous les mêmes regards maintenant. Tous, ces yeux fades, habitués parce que ce monde devient uniformisé, plat et commun. Parce que sur leurs écrans plats, il y plus de poissons et plus de lumières, ils s'étonnent de retrouver les merdes qu'ils ont jetées sur la plage au fond de l'eau, bande de cons. Avant, chaque pays m'apportait un nouveau décor, une nouvelle culture. Tout a le même goût maintenant. Même les autochtones deviennent comme eux et détruisent ce qu'ils ont de plus précieux. Chasser un beau poisson leur rapporte parfois l'équivalent d'un demi-mois de salaire, comment leur en vouloir ? J'ai croisé la route de personnes merveilleuses dans ma carrière, des gens uniques, des globes trotter, des artistes, des écrivains, des musiciens, des passionnés, des altruistes, des philosophes, des gens qui ont vécu, enfin qui ont souffert, je n'arrive plus à mettre une définition pour différencier ces mots. J'ai eu de brèves

rencontres mais de vraies rencontres ! Humaines ! Aujourd'hui, ce que je fais me dégoûte, me répugne, j'ai l'impression de participer, d'être complice de l'abjectitude de ce monde… ça me donne envie de vomir, ça me fait gerber.
Hugo se tait et Margot se love un peu plus encore dans les bras qui n'ont pas changé. Ils rassurent toujours, ils racontent encore. Petite, elle aimait se serrer contre lui et qu'il lui raconte des histoires. Peu importait l'histoire en fait, mais elle se sentait incroyablement bien dans les bras forts de son père. À chaque fois qu'elle le pouvait, elle venait se serrer contre lui et il lui racontait alors une anecdote d'enfance, un souvenir des premiers pas de sa princesse ou un événement qui s'était passé dans la journée.
- Pourquoi papa ? Pourquoi es-tu parti ?
Hugo savait qu'il aurait à répondre à cette question, qu'à un moment ou un autre, ces mots précis se poseraient face à lui. L'épreuve est inévitable.
- Je devais fuir… Tu sais, je suis passé par un moment de la vie où j'ai dû faire un choix, un terrible choix. Parce que la vie que je menais ne me convenait plus, parce que si je n'étais pas parti alors… Hugo prit un moment, comme si ce mot, celui qu'il devait dire alors ne pouvait se former dans sa gorge. Il prend une grande respiration et déglutit plusieurs fois. Tu sais, un homme a des rêves, des rêves qui viennent de l'enfance, des promesses qu'il s'est donné pour mission d'accomplir. Puis il vient un temps où se présentent à nous deux choix et pas un de plus. Deux choix qui meurtrissent dans tous les cas. Soit on plonge, soit on reste enfermé dans une vie qui se passe sans nous. Je ne pouvais plus rester, je

ne pouvais plus rester enfermé dans… Je ne suis pas parti à cause de vous, ça n'était pas contre vous, aucune de vous trois. Tu dois savoir ça Margot, tu dois retenir ça. J'ai tous les jours pensé à vous, tous les jours !!!
- J'ai cherché à te retrouver papa. J'ai cherché longtemps, des années, j'ai usé de tous les moyens possibles tu sais. Je n'ai pas compris et j'avais besoin de toi, j'avais besoin d'un père, de mon père. J'étais jeune, je n'ai pas compris, j'ai… Nolan, Octave Nolan… c'est toi ?!

Hugo eut comme un sursaut, une sueur froide qui lui traversa d'un coup le corps, suivi d'un frisson incontrôlable. Alors qu'il s'était abandonné à répondre d'une façon partagée aux attentes corporelles de douceur de son ainée, Hugo eut presque le reflex de la repousser avec violence.
- Mais comment ?
- Ne t'en fais pas, je ne l'ai jamais dit ni à maman, ni à Olivia, je l'ai toujours gardé pour moi. Je n'étais pas certaine, enfin pas à cent pour cent. Mais c'est toi Nolan ? Octave Nolan ? L'écrivain ?
- Comment Margot, comment tu as… ?
- Je t'ai lu il y a quelques années, j'ai lu « Iceberg ».
- Non Margot ! Non !!!
- Mais ça va papa, ça va, ne t'en fais pas.
Margot se retire des bras de son père qui avaient perdu de leur emprise et le laisse respirer. Hugo a comme une crise de panique, le souffle court, il semble chercher un air qui n'existe plus pour lui. Il reste assis et regroupe ses genoux contre sa poitrine qui oscille, irrégulière, compulsive. Son visage se cache lui aussi et ses mains se posent sur la tête,

qu'il semble ainsi protéger, comme s'il allait être battu. Désemparée, Margot eut sur le moment presque le regret de lui avoir parlé de ce livre car pour elle, ça n'avait pas d'importance. Elle entend son père pleurer. Elle a alors une peine immense en elle, l'impression grandissante et violente d'avoir gâché l'instant, de l'avoir sans le vouloir replongé dans une douleur indicible et inavouable. Alors elle eut à son tour l'empreinte de ses nuits sombres qui lui revinrent en tête et se mit à laisser couler des larmes chaudes qui dévalèrent ses joues aussi vite qu'une pluie d'été.
- Je suis désolée papa, désolée... Je ne voulais pas te faire de peine, je ne voulais pas te faire souffrir. Papa ? Papa, excuse-moi !
Margot colle alors son visage contre le crâne de son père et met ses mains sur les siennes. Tous deux sont alors dans une confusion singulière et leurs corps ne savent s'ils doivent se lier ou se fuir.
- Je n'ai pas tout compris de toute façon, enfin, je ne crois pas. J'ai simplement vu ta souffrance puis ce que tu as fait pour nous. Pour nous cacher la grande majorité de ton mal-être, pour nous protéger aussi... Papa, c'est ça qu'il fallait comprendre ? Papa, s'il te plaît...

Margot avait usé de malice pour tomber sur ce que son père s'était évertué à cacher à sa famille. Une année qu'il envoyait ses cartes des Galápagos, un archipel où il ne se passe pas grand-chose mis à part un afflux de touristes en transit pour quelques jours. Elle avait regardé si un journal local parlait des actualités de l'île s'attendant avec chance d'y voir une photo fortuite de son père. Cela faisait des années qu'elle faisait ça, depuis chaque pays ou nom de ville pouvant être écrit sur la carte ou l'oblitération. Mais cette fois il semblait que la chance lui avait sourit. Un court article, d'un journal local, parlait d'un français qui depuis des années traversait le monde et qui durant tout ce temps s'était attaché à écrire un livre, un livre pour lui, une sorte de recueil, un requiem de sa vie passée. Le journaliste était devenu une sorte d'ami de l'auteur et il l'avait encouragé à le publier. Son article décrivait sa rencontre avec l'auteur ainsi que son incroyable lecture qu'il fut honoré d'avoir. Nolan lui avait apparemment demandé un avis sur ce qu'il s'était essayé de construire. Il était passé par une auto-publication qui laissait son œuvre accessible sur le site Amazon uniquement. Margot se l'était commandé sans rien dire, ni à sa mère, ni à sa sœur, elle voulait être sûre que ça soit lui. Ses seuls indices n'étaient que le fait qu'il voyageait depuis des années et que c'était un français. Des indices maigres mais qui, en elle, portaient beaucoup d'espoir. Elle reçut le colis trois jours plus tard. Quand elle l'ouvrit, elle vit la pochette simple, le titre au-dessus « Iceberg » puis le nom juste en dessous « Octave Nolan » et sur la couverture, un iceberg. Il était blanc avec un contour dessiné au crayon fin sur un fond tout aussi blanc. Puis en dessous, le rock de glace était noir, prohibitif et noir, dans une mer qui l'était tout autant. Elle retourna le livre et put lire sur la pochette arrière ceci : L'Homme n'est-il pas comme l'iceberg ? Garde-t-il pour lui seul neuf dixièmes de ce qu'il est ? Son for intérieur héberge-t-il sa culpabilité, ses regrets, ses faiblesses, ses rêves ? Je ne suis peut-être plus un homme mais je suis aujourd'hui un iceberg.

C'était un livre court, d'une centaine de pages à peine, une sorte d'essai. Margot l'avait lu plusieurs fois et n'y avait vu, dans ce texte, qu'une forme assez vague et évasive de l'auteur pour comparer l'Homme dans son unicité à un iceberg. Il y faisait un parallèle dans toutes ses formes d'émotions et de sensibilités. Il y était mis en avant au début la pureté des sentiments, les joies et bonheurs associés. L'indicible de la naissance, de la paternité, de l'amour, du don de soi, du partage, de l'altruisme, des rêves… Mais au-dessus de tout, un au-dessus que l'on met en dessous pour mieux le cacher, pour fuir, pour le laisser dans le noir. Au-dessus, la perversité de ces choses qui viennent s'y ajouter. Au-dessus de la naissance vient la perte de l'autre, au-dessus de l'amour vient la haine, au-dessus du don vient l'égoïsme, au-dessus du rêve vient la peur et au-dessus de l'espoir la désillusion. Octave avait eu une approche globale, il n'avait jamais cité d'exemple précis ou semble-t-il personnel, rien qui pouvait prouver à Margot que son père en était l'auteur. Mais Margot eut la certitude que ce Nolan était bien celui qu'elle recherchait.

Elle avait tenté à de multiples reprises de contacter l'auteur de l'article, par mail puis par téléphone. Après de nombreux échecs, mais avec insistance, elle avait réussi à contacter Christian Zuber, un français d'origine qui s'était installé sur l'archipel pour réaliser un documentaire animalier. Zuber était un conférencier, journaliste, documentaliste et écrivain. Il avait fait la connaissance d'Hugo lors d'une plongée, lui avait-il expliqué, une plongée où Hugo encadrait une équipe de tournage qui étudiait les requins baleine. Zuber avait sympathisé avec lui durant le tournage qui durait près d'un mois. Zuber lui expliquant qu'il était écrivain et accessoirement journaliste pour arrondir ses fins de mois, Hugo lui avait parlé de ce qu'il avait écrit, une sorte de livre. L'écrivain eut alors l'honneur de le lire comme une confidence, comme une offrande rare que lui avait alors accordée le moniteur pour la seule et unique fois. Il lui avait porté de nombreuses louanges l'incitant à publier ce qui à ses yeux était une œuvre à faire connaître, une écriture inédite et peu commune. Zuber lui avait dit avoir un ami éditeur et qu'il pouvait le mettre en relation directe. Hugo avait été réticent à l'idée de se faire publier, alors le journaliste lui avait dit qu'il avait la possibilité de l'autoédition et du changement de nom. Octave Nolan, le pseudonyme, naquit deux mois plus tard et, avec l'aide de son ami, il publia discrètement sans aucune publicité « Iceberg ». Hugo lui avait alors accordé d'être le sujet d'un article pour le journaliste mais sans photo, ni nom de famille, sa façon à lui de lui renvoyer l'ascenseur, de le remercier en quelque sorte.

Margot avait passé beaucoup de temps au téléphone avec Zuber, elle lui avait expliqué sa démarche et lui avait envoyé des photos de son père. Zuber n'avait jamais réussi à lui confirmer qu'il s'agissait bien de son père. Les photos de Margot affichaient une personne soignée, sans barbe et aux cheveux courts. Lui avait connu un homme effacé, barbu et chevelu et surtout assez négligé. Seul le prénom correspondait. Zuber expliqua, à la jeune femme, qu'il n'avait jamais parlé de sa vie passée, qu'il était resté discret et évasif lorsqu'il avait soulevé le sujet lors de leurs conversations. Elle voulut avoir son adresse, mais il lui expliqua qu'il avait quitté l'archipel du jour au lendemain sans avoir laissé ni adresse ni moyen de le contacter. Elle aurait voulu en savoir d'avantage et avait pour habitude de l'appeler assez souvent. Mais un jour, au bout du fil, quelqu'un lui dit alors que Zuber était mort brutalement. C'était en 2005. Margot perdit à nouveau la trace de son père et l'unique personne pouvant le relier à lui.

Margot aimerait désamorcer cette meurtrissure, retirer le poids des mots qu'elle ne pouvait mesurer. Elle cherche une parade, une diversion peut-être, une façon de retrouver l'émotion des retrouvailles. Après tout, elle ne peut pas savoir, comme lui ne peut pas savoir ces souvenirs qui blessent.

- J'ai été maladroite, je suis désolée papa, je ne voulais pas te blesser, je voulais savoir, j'en avais besoin papa, j'en avais juste besoin… Moi j'ai rencontré Loïc au lycée, on était dans la même classe, en terminale. Lui voulait faire une prépa ingénierie et moi devenir professeure de maths, ça a tout de suite collé entre nous. On est parti tous les deux à Toulouse pour nos études, ce jour-là, je ne savais pas que je ne reviendrai plus à la maison. On s'est pris une colocation puis on est resté ainsi. On ne s'est plus jamais quitté. On vit à Toulouse, à Balma exactement, pour le travail, il n'y a pas vraiment de choix pour lui de toute façon. Il est ingénieur chez Airbus mais ça tu le sais déjà maintenant. Moi je suis professeure de mathématiques dans un lycée à Balma. Ça me plaît bien, j'ai des classes sympas, j'aime bien mon métier. On s'est mariés l'an passé, je ne voulais pas trop mais… enfin

je l'aime, mais le mariage. Ne le prends pas pour toi hein, mais je ne crois pas au mariage, en ces mots, en ces promesses. Lui le voulait, alors j'ai accepté. C'était une belle journée, il faisait beau, il y avait du monde et ce jour-là, je ne l'ai jamais vu aussi heureux. Moi, j'aimerais un enfant, une fille mais il vient juste d'être admis dans un centre d'études et il est en CDD. Normalement il devrait être embauché sans soucis mais on ne veut prendre aucun risque. Il a trouvé juste après ses études ce poste, il y avait fait un stage, il leur a plu alors ils l'ont pris après son diplôme. Il est dans la conception des sondes de je ne sais pas quoi, j'y ai jamais rien compris…
Margot a un fou rire, un rire nerveux sans doute mais elle déballe son histoire comme si elle en faisait une sorte de curriculum vitae. Petit à petit, elle voit son père relever la tête et l'écouter avec une forme de plaisir singulier, malgré la douleur inscrite sur son visage. Ils se regardent dans les yeux un moment, sans rien dire, il n'y avait rien à dire puis se mettent à rire. Un rire nerveux au début, qui devient de plus en plus intense et presque incontrôlable. Ils éclatent de rire, jusqu'aux larmes. La soupape est tombée, la pression de la première fois oubliée. Margot et Hugo savent à ce moment-là qu'il y aura un demain pour eux, un mot impossible et inconcevable depuis si longtemps. Il faudra penser au jour le jour, toujours, sans jamais penser à hier. Là, il y a un jour et il y aura un demain et un surlendemain.

Elle le précède pour entrer dans cette chambre inconnue. Avant, c'était des couleurs pastelle, un pourpre soyeux couvrait les murs avec une chambre à coucher blanche et des peluches un peu partout, une chambre de petite fille typique et banale, rose et tendre à la fois.

Désormais tout est sombre, une multitude de dessins et de posters couvrent une peinture rouge sang soulignée d'un éclairage faible. La fenêtre, pourtant dévoilée, peine à laisser entrer la lumière. Un rai bas de fin de journée tente une approche mais se dissipe comme dans un néant. Les meubles semblent former un bloc, un foutoir sans nom de tout et de rien semble lier l'ensemble dans un bordel magnifique.

Olivia entrouvre la fenêtre et va se poser sur son lit. Appuyée sur le coude, les jambes pendantes, elle se saisit d'une boîte en bois posée sur un plateau d'où elle sort tout un attirail pour se rouler un joint. Sans rien dire, elle encolle deux feuilles, les garnit d'une dose certainement conséquente, car l'odeur de la marijuana emplit la pièce presque avec violence. Elle s'applique et prend soin de se faire un pétard propre et soigné.

- Tu fumes ? T'en veux ?
- Non merci.

Alors Olivia allume son joint en tirant une énorme latte pour démarrer. Elle lâche quelques secondes plus tard une fumée épaisse et odorante ainsi qu'un sourire presque provocant et extatique. Hugo reste là, près de la porte à la regarder, à considérer le décalage de la beauté de la jeune femme et du décor, puis il s'avance timidement et se met à scruter chaque parcelle de sa chambre comme s'il visitait un musée ou un cabinet de curiosité. Quelque chose ne va pas, le décalage entre Olivia et ces murs. On pourrait se croire chez Alice au pays des merveilles dans un lieu de chaos. Hugo se met en tête que Quentin Tarantino pourrait y refaire Pulpe fiction, avec Olivia dans le rôle d'Uma Thurman et lui dans celui de Travolta. Un carnage enrobé de poésie. Non une poésie enrobée de carnage.

Olivia se saisit d'une autre boîte et la jette sur le parquet glissant pour se retrouver aux pieds d'Hugo.
- Vas-y, ouvre !
- Qu'est-ce que c'est ?
- Tu verras.
Hugo se baisse pour ramasser l'emballage et l'ouvre avec prudence. Elles devaient toutes y être, une quarantaine en tout, celles de tous ses anniversaires et tous ses noëls. Les cartes qu'il lui avait envoyées. Il se saisit du lot et les regarde une à une de face et défile alors sous ses yeux le parcours de sa fuite, une sorte de carte de son échappée, les chapitres de sa déroute. Elles étaient rangées, dans l'ordre, la dernière en premier, la première en dernier, comme une banalité que l'on entasse. Il remarque alors la singularité des images. Toutes sont des cartes à touriste, il y a des décors de plages vierges, de cocotiers, de mers d'un bleu transparent et à chaque fois le nom de l'endroit où elles ont été prises. Il prend alors conscience de l'affront qu'elles avaient pu ressentir. Oui, elles devaient se dire qu'il menait une vie de rêve loin d'elles, se dit-il. Il les retourne et remarque avec effroi la similitude des mots, le calque presque parfait des

messages, dans l'écriture, dans la position de ce même message sur les supports.
- Je ne sais pas quoi dire Olivia, je n'ai pas les mots et … enfin…
- Tu m'as manqué papa.
- Je …
- Oui, tu m'as manqué. J'étais encore jeune, je n'avais que huit ans et pour dire vrai, mes souvenirs de toi sont vagues. Peut-être aurais-je dû oublier ce que je savais de toi pour passer l'épreuve, l'épreuve de ta fuite ? Peut-être étais-je trop jeune, pas assez mûre pour comprendre ce qui se passait à la maison ? Mais une chose est sûre, tu m'as manqué. Je t'aime papa !
À ces mots, Hugo eut le ventre qui se mit à trembler, un tremblement de joie mais de peur aussi. Comment répondre à ces mots ? Comment pallier l'absence, ce rôle qu'il n'a pas assumé, sa fuite ? Comment accepter de sa cadette des mots qu'il ne se sent pas mériter ? C'est lui qui est parti, lui qui les a quittées, lui, qui a troublé leur vie à toutes. Lui, car quelle que soit l'origine, la genèse du geste, il est le seul responsable. Hugo est tétanisé, bloqué sur des mots et une situation qui ne trouvent pas d'issue logique, pas de conclusion propre et adéquate.
- …Mais j'ai de la colère aussi, tu dois le savoir. J'enrage à l'intérieur. Je ne sais pas ce que je dois faire, si je dois me jeter dans tes bras avec des mots d'amour, avec ces mots que je viens de te dire ou te casser la gueule sur le champ pour me défouler, pour calmer ma rage ?

- Fais ce qu'il te plaît, après tout je mérite sans doute des coups. Je mérite de payer pour tout ce que je vous ai fait subir.
- Oui sans doute mais à quoi bon hein ? Si tu veux, je te raconte ma vie. Ça t'intéresse de savoir ?
- Oui, bien sûr que oui !
- Viens là, à côté de moi.
Hugo reste immobile et Olivia voit l'hésitation sur son visage. Ses traits sont de marbre, sans aucune expression, atone.
- Mais viens je te dis, j'vais pas te bouffer. Viens t'asseoir sur le lit, de toute façon y'a pas d'autre place pour s'asseoir dans ce bordel.
Hugo avance lentement, d'une marche faible, d'une marche semblable à un condamné qui s'en va à l'échafaud. Olivia relève ses jambes, pour qu'il puisse prendre place et les repose sur ses genoux une fois qu'il s'est assis. Elle rallume son joint qui s'était éteint et tire une latte qu'elle lui recrache au visage avec un sourire malicieux, complice et provoquant à la fois. Dans son visage, émane une sorte de satisfaction, les traits d'une jouissance de se voir ainsi, dans cette position, dans cet instant. Elle ne dit rien, durant près d'une ou deux minutes peut-être, tirant ainsi sur le pétard et embaumant d'un nuage opaque la petite chambre. Elle sourit, puis se met à rire bêtement, comme par provocation avant d'écraser le mégot directement sur un plateau en bois dégueulasse.
- Oui, j'aime bien faire ça, j'aime bien ce plateau, dans cet état je veux dire. C'est mon bureau, mon autel je dirais même, le support de mes sacrifices. Ah ah... J'y roule mes joints, j'y pose mes bouteilles de vodka et mon verre, mes

capotes, mes sex-toys aussi… Pfff, j'suis conne. Bah oui c'est ça ma vie, des virées avec des potes, j'me bourre la gueule avant de me faire bourrer le cul… J'me moque de toi là, enfin presque. Je sais avec qui je baise tu sais. Elle pose alors son pied sur sa jambe pour lui donner un coup complice et malicieux. Vas-y détends toi ! Dans mes restes de souvenirs, je te voyais plutôt cool et souriant. On allait toujours au parc tous les deux pour faire de la balançoire, tu vois je me rappelle de ça, j'aimais bien même.

D'un coup un bruit de tonnerre fit trembler les murs. Un orage de printemps se leva d'un coup. Dehors, le vent fait osciller les arbres et des feuilles volent partout. Une pluie forte et dense se met à claquer sur la fenêtre de la chambre. L'orage est d'une violence rare, les éclairs s'enchaînent illuminant la chambre de façon stroboscopique. Les baisses de tension du réseau font osciller la faible ampoule du plafonnier. Les nuages lourds et épais d'une noirceur qui veulent avancer la nuit semblent tenir à eux seuls l'existence de tous.

- Putain mais regarde-moi ça ! J'adore ça moi l'orage, je passerais des heures à regarder.

Elle se lève d'un bond au son du premier grondement de tonnerre et s'est mise face à la fenêtre pour la refermer. Puis elle reste là, un moment sans rien dire, le visage immuable et admiratif. Hugo la regarde, il la scrute de la tête aux pieds. Qu'elle est belle, se dit-il ! Elle a une espèce de beauté sauvage, une beauté rare, un mélange de douceur et de félinité. La beauté du diamant brut. Elle s'était changée depuis son arrivée, elle porte un short en jean moulant qui

dévoile l'échancrure du bas de ses fesses puis un haut ample qui ne tient que sur une épaule, l'autre est nue. Le coton laisse deviner une poitrine juvénile encore et un galbe sans complexe. Sa peau blanche s'illumine au rythme des éclairs et laisse l'impression étrange qu'elle est faite de lait.
Pourquoi ? Pourquoi avait-il pu faire de si belles filles et avoir tout ceci, tout ce qu'un homme peut rêver pour le fuir ? Hugo se pose cette question sur l'instant. Un instant qui se dissipe aussitôt, il sait sa vérité, celle qui lui a fait prendre ces chemins. Il avait coutume de dire que la vérité n'existe pas, que ce mot est assujetti à des contraintes, à des lois et un ordre donné. Il prenait comme exemple à l'époque, durant les discussions entre amis, l'hétérosexualité que la société voit comme une normalité. Lui, disait que la normalité n'a de sens que dans le nombre, que dans la culture et l'uniformité. Après tout, si tous étaient pédophiles alors l'hétérosexuel serait vu comme un détraqué et pas le contraire. Il choquait tout le monde à dire ceci alors il mettait en avant « Rhinocéros » de Ionesco, l'histoire d'un homme qui revient un jour au village transformé en cet animal. Tous ceux du village le mettront de côté, puis le lendemain, un autre aura le même sort et ainsi de suite. Que s'est-il passé le jour où l'homme se retrouva seul face à tous ces rhinocéros ? Il fut mis de côté.
Il avait fait un choix, un choix lourd de conséquences, pour lui mais pour elles aussi. Il se sentait être ce rhinocéros, cet homme étrange parce que son choix ne pourrait être compris, parce qu'il était seul ainsi.

- On boit un verre ? Vodka, ça te va ? De toute façon j'ai que ça alors fais pas chier.
Elle sort de sous son lit une bouteille vide puis une autre et peste de noms d'oiseaux l'absence du contenu. Finalement, après avoir sorti plusieurs cadavres de flacons vides, elle trouve une bouteille à moitié vide qu'elle ouvre aussi sec avant de jeter le bouchon dans un coin et de s'enfiler une bonne rasade directement au goulot. Elle le regarde, se met face à lui et tend la bouteille à bout de bras.
- Ah ouais, j'ai pas de verre. Ah ah, on trinque ?
- Oui on trinque.
- À ton retour, à nos retrouvailles, c'est bien ça non ? Allez, on trinque à ça ?
- Oui c'est très bien.
Et Hugo prend à son tour une gorgée de vodka. C'est un alcool qu'il déteste mais qu'il boit quand même, parce qu'il ne veut pas jurer de la situation, parce qu'il ne veut pas être contre quoi que ce soit et parce qu'il se laisse mener. Puis il boit parce qu'il a besoin de cette ivresse pour apaiser l'épreuve. Alors il reprend une gorgée avant de s'essuyer la bouche de sa manche et dit :
- J'ai un truc à te montrer moi aussi.
Il retourne vers l'entrée de sa chambre où il avait laissé son sac. Il l'ouvre et en sort une sorte de cahier avec une pochette cartonnée et une ficelle qui s'enroule autour. Il semble vieux ou du moins avoir vécu. Il s'en saisit d'une délicatesse rare et avec préciosité comme s'il s'agissait d'un trésor. À l'intérieur, après avoir descellé l'ouvrage, il feuillète rapidement et montre une page.
- Je l'ai toujours sur moi, toujours à portée de main, tiens !

C'était une photo d'Olivia en tenue de danseuse, elle devait avoir sept ans, un tutu rose où elle pose dans une position gracieuse à côté d'une barre de danse. La photo est usée par le temps, parce qu'on voit qu'elle a souvent été tenue mais plastifiée ensuite pour en saisir encore l'essentiel. Elle est collée. Au-dessus et en dessous, il y a comme des notes écrites en manuscrit, petites et avec différentes encres.
- Je m'en souviens. C'était à Limoux, avec madame Coste. Oui je m'en souviens. Maman m'a fait arrêter après que tu sois parti. Je crois que c'était à cause des thunes. J'aimais bien. Tu m'y emmenais tout le temps. Il n'y avait que toi qui m'y emmenais, toujours.
D'un coup, Olivia change de visage, elle a un air pensif et songeur. Elle paraît perdue dans ses rêves, dans des souvenirs oubliés qui resurgissent brutalement, sans prévenir. Elle caresse la photo de son index droit comme si toucher ce papier pouvait raviver en elle une sensation plus vraie et plus palpable. Son père la regarde, les yeux posés sur l'image. Il tient à deux mains le cahier, laissant ainsi la jeune femme dans cet état de douceur qu'il n'avait pas encore vu jusqu'alors.
- Y'a quoi d'autre dans ton truc là ?
Olivia tente de se saisir du manuscrit mais Hugo le referme brusquement, presque avec bestialité, pour le garder enveloppé dans ses bras.
- Non, c'est personnel, je ne peux pas te faire voir.
- Si tu peux.
- Alors disons que je ne veux pas.
Olivia comprend aussitôt la valeur de ce qu'il contenait. Ce devait être son journal, ses confidences, ses souvenirs, son

histoire. Elle comprend que toutes les réponses sont dedans, tout ce qu'il ne veut pas avouer, tous ses secrets aussi. Mais elle comprend alors que jamais il n'en dévoilerait la moindre ligne.

- L'orage s'est calmé. Je vais te faire voir quelque chose, suis-moi et enfile une veste.

Hugo a compris avec tout ceci qu'Olivia est depuis des années peut-être dans une période d'autodestruction, que son discours de provocation du matin n'en était pas une, qu'elle ne fait que boire et fumer de l'herbe. Qu'elle cumule certainement les sorties alcoolisées et les amants d'un soir. Il comprend l'abandon scolaire, la déchéance, sa descente aux enfers. Mais dans ses yeux, parce qu'Hugo voit ce genre de choses, dans ses yeux se cache une malice perverse, une nuance sur laquelle il ne peut mettre de mot. Ses mots d'amour étaient sincères mais sa colère aussi. Ce sera moins facile qu'avec Margot mais il sait que rien ne sera facile.
Olivia le précède et l'emmène à l'extérieur, un crachin tiède tombe encore sur le village mais le passage du déluge a laissé le jardin de l'après-midi dans un chaos épouvantable. Ils se dirigent vers le garage, Olivia ouvre la serrure, pousse la porte et entre avant de refermer derrière Hugo.
- Tu la reconnais ? Elle est toujours là.
- Non ! Mais … Vous ne l'avez pas vendue ?
- Vendue, pour quoi faire ? On ne sait même pas combien ça vaut ce tas de ferraille.
Devant lui, sous une vieille poussière, le long du mur du fond se trouvait sa vieille Triumph, son SR 500 de 1990 qu'il avait

bricolé en une sorte de café racer. Il avait tout enlevé dessus, tout le superflu, les clignotants, les rétroviseurs, les plastiques. Il l'avait dépouillée petit à petit puis avait chiné des pièces sur les foires et des troques. Il avait mis une selle de type racing courte, un guidon bracelet puis il avait reculé les commandes et avait fait faire un échappement sur mesure. Il y passait des heures le dimanche parfois, pas assez souvent à son goût car il retapait la maison en même temps puis il aimait passer du temps en famille mais dès qu'il avait cinq minutes, il courait au garage pour bricoler un truc ou un autre qu'il pouvait améliorer dessus. Au moment de partir, il avait presque fini de la customiser. Il lui restait les peintures à faire et refaire le système de frein avant. Hugo avance doucement vers elle avec des yeux grands comme ceux d'un enfant un soir de Noël. Arrivé près d'elle, il la frotte pour enlever le tas de poussière directement avec la manche de son sweat capuche puis la déplace du long du mur pour la mettre au centre du garage. Lui qui jusqu'alors avait toujours été prévenant, demandant à chacune l'autorisation pour bouger une oreille se met directement sur la selle, les mains sur les bracelets, il eut un sourire enchanté. Il leva le regard vers Olivia.

- Jamais je n'aurais cru qu'elle serait encore là, je... Je n'ai pas les mots.
- C'est la tienne papa. Elle est à toi, toujours à toi ! Un mec à maman avait voulu rouler avec, mais je m'y suis opposée. Jamais qui que ce soit n'y a touché. Je ne sais pas ce que tu comptes faire, si tu reviens dans le coin ou si tu te sauves dans cinq minutes mais c'est la tienne, tu peux partir avec.

Hugo remet la béquille et descend de sa machine. Jamais ses yeux n'avaient pu quitter sa cadette. Il s'approche d'elle et écarte les bras d'une façon discrète et gênée mais assez pour que cela soit significatif. Olivia qui a les yeux plongés dans les siens se jette sur lui puis le serre dans ses bras, avant de fondre en larmes.
- Je t'aime papa !
- Moi aussi je t'aime Olivia, je t'aime tant.

Hugo revient avec Olivia du garage. Il était tard et depuis la porte d'entrée déjà, les effluves gourmands de la cuisine remontent à leurs narines. Une odeur familière, celle d'une cuisine que l'odorat n'oublie pas, comme une réminiscence. Ce soir, c'est tomates farcies, son plat favori.
- Tu n'as pas dit si tu restais alors avec Margot on a préparé un diner puis on t'a préparé sa chambre. Tu comptes rester avec nous ou tu devais t'en aller ?
- Non, enfin... Oui, je reste pour le diner, avec plaisir. Et pour dire vrai je n'ai rien prévu pour cette nuit alors je veux bien rester.
Tous prennent place sur la table carrée de la cuisine. Margot et Olivia se mettent face à face et Hugo se retrouve du coup face à Isabelle. Ils avaient l'habitude déjà de s'asseoir ainsi autrefois, on aurait dit qu'il y avait sur l'instant la volonté d'oublier et de faire comme si rien n'avait eu lieu. Personne ne dit rien et Isabelle se lève pour servir les assiettes.

- J'ai une chose à vous dire... Une chose importante...
Hugo s'était libéré et avait pour la première fois pris la parole. Une initiative qui surprit tout le monde de façon visible puisque toutes arrêtent ce qu'elles faisaient pour prendre lentement place sur leurs chaises et le regarder d'une façon presque formelle.
- Voilà, euh... Ce n'est pas facile et je ne sais pas comment commencer. Pour être honnête avec vous, je n'ai rien préparé et depuis mon arrivée, je m'étais refusé d'imaginer ou de préparer quoi que ce soit. Enfin, pas de discours ou je ne sais quoi vous voyez.

Hugo a la voix tremblante et sans aucune assurance mais l'intonation laisse deviner la sincérité de ce qu'il va dire. Elles savent alors maintenant, que quels que soit les mots, quelles que soient les paroles qu'il va leur accorder, ils seraient vrais, francs et justes pour elles.

- Déjà, je voulais vous dire la joie d'être là, aujourd'hui, le bonheur d'avoir pu converser avec chacune d'entre vous ainsi. Nous nous sommes dit des vérités que nous avions sur le cœur, sans tricher je pense, et ça m'a fait du bien, quels que soient les termes qui ont pu être prononcés. Il faut que je vous explique ce que j'ai fait durant toutes ces années. J'ai déjà dit des choses à chacune d'entre vous, mais ce que je peux dire, ce que j'arrive aujourd'hui à dire est ceci...

Hugo prend un ton solennel, presque imposant et statuaire. Il se redresse et sort un peu la poitrine tout en relevant ses épaules, l'instant est comme officiel et grave. Elles vont savoir ce qui se cachait derrière les cartes, connaître la réponse à ces milliers d'interrogations. Il y aura enfin une réponse ou au moins un morceau de réponse à toutes leurs peurs, toutes leurs colères et tous leurs espoirs. Cet instant, chacune d'entre elles l'a rêvé, pleuré, hurlé, supplié même, pour se sortir de ce que jamais elles n'avaient pu comprendre. Peu importe ce qu'il va dire en fait, il y a un néant de deux décennies et même s'il raconte ce qu'il a mangé dans l'avion, ça serait plus que ce qu'elles n'avaient jamais eu depuis leur séparation. Chacune sait qu'elle le laissera dire, sans le couper, sans poser de questions supplémentaires ou sans vouloir en savoir plus sur un point en particulier. Elles savent au fond d'elles, chacune en a conscience, qu'Hugo n'avouera pas les raisons de son départ, le « pourquoi ! », qu'il en est ainsi et que finalement « savoir » ne changerait rien.

Une fois arrivé en Thaïlande, Hugo ne voyait plus la vie de la même façon, il ne voulait plus ressembler à l'homme qu'il avait été, ne plus se reconnaître et ne plus connaître. Il n'avait pris dans son bagage qu'un simple jean, un short, deux t-shirts et un pull. Arrivé sur place, il n'avait nulle part où aller, personne qui ne l'attendait, il avait juste choisi cette destination parce que l'on pouvait y vivre pour pas cher et parce qu'avec le peu d'argent qu'il avait, il pourrait survivre deux mois. Puis la Thaïlande était loin et totalement inconnue pour lui. Il ne voulait plus retrouver le monde qu'il avait connu, il ne voulait plus y trouver quelque accroche que ce soit. Il s'était acheté une paire de tongs et avait abandonné l'idée de se raser. Dans le premier hôtel, il avait regardé son visage glabre et ne se reconnaissait plus. Deux semaines plus tard, sa jeune barbe le changea radicalement et il eut une forme de soulagement en revoyant son visage ainsi. Son image ne lui paraissait ni étrangère, ni nouvelle, mais vraie. Il se découvrit comme si durant des années, il avait avancé masqué. Il avait retrouvé son âme. Il était redevenu lui-même. Durant presque des années, il décide de ne plus se regarder dans un miroir. Il fallait oublier. Mais le cerveau a ses perversités, il apprend, il emmagasine mais ne peut désapprendre, il peut au mieux oublier, gommer les contours trop nets de ce qui nous a touché.

Il avait rencontré un certain Thierry, un expatrié français qui s'était installé là deux ans auparavant suite à un divorce douloureux. Il n'avait pas d'enfant et était moniteur de plongée en France du côté de La Ciotat, il avait tenté sa chance dans ce pays en ouvrant une école de plongée. Thierry fut sa première rencontre. Certainement le seul à qui il put dire un minimum de vraisemblance sur son histoire, sur les circonstances de son arrivée en ces lieux inconnus. Thierry lui avait alors proposé un gite et un couvert, en échange d'un travail à l'accueil au départ puis pour diverses réparations et finalement en le formant comme moniteur. Hugo resta un an ainsi, à travailler sept jours sur sept pour rendre par le travail ce qu'il ne pouvait rendre par l'argent. Il fit ses armes et passa brillamment ses diplômes un à un. Après un an, Thierry lui proposa un vrai salaire, disant qu'il avait largement rempli sa part du contrat. Alors libéré, Hugo lui dit son envie de partir, de voir ailleurs, autre chose. Il ne l'a jamais retenu et ils s'étaient séparés en se serrant la main. Hugo avait alors changé de club et de pays tous les ans. Dans son explication, dans ce qu'il relata de sa vie d'exil, jamais il ne mentionnera qui que ce soit d'autre. Pas qu'il ne voulut leurs raconter ou cacher qui que ce soit mais parce qu'il n'avait jamais plus lié de liens avec un autre. Il travaillait et chaque soir s'accordait un whisky, un single malt devant un livre ou devant la mer. Souvent depuis un bar qu'il affectionnait ou sinon dans un coin oublié des touristes où il pouvait se retrouver seul. Il racontait sa solitude d'une façon singulière et avec insistance comme s'il voulait se défausser d'une remarque quelconque ou s'il s'était imposé cette vie comme punition. Il y avait en tout cas un rapport à l'humain qu'il semblait ne plus vouloir connaître et se délier de toute relation proche ou intime. Il n'avait jamais connu de femme, jamais été en couple ni même eu de relation d'un soir. Il ne décrivait que la beauté des fonds marins, que la superbe du silence. Il parla ainsi pendant près d'une demi-heure sans jamais s'arrêter. C'était un déballage, un aveu brut et entier de sa vie de l'après. Tout, elles surent tout sur ces vingt ans mise à part l'histoire de son livre qu'il cachait sur lui. Chacune eut des émotions différentes face à cet oral. Isabelle avait pleuré en entendant que jamais il n'avait eu qui ce soit d'autre dans sa vie. Margot eut certains fous rires sur des anecdotes amusantes de plongeur, des histoires sur des touristes essentiellement. Olivia avait écouté avec une attention particulière mais n'avait pas eu d'autre réaction que de jouer avec son couteau de table. La pièce résonnait des émotions de la journée, des pleurs, des cris, des rires et des larmes. L'orage avait laissé sur ce lot de troubles, une ambiance électrique et douce à la fois.

Hugo fit une pause et bu pour la première fois depuis qu'il s'était essayé à cette explication. Il hésita entre le verre à eau et le verre de vin rouge mais après quelques secondes se saisit du verre à vin pour en vider le contenu d'un trait.

- Je... Je voulais vous présenter mes excuses, même si je comprendrais que vous ne les acceptiez pas, je vous présente mes plus sincères excuses pour le mal que j'ai pu causer, pour tout ce que vous avez pu vivre par ma faute. Je voulais vous dire que même si je ne peux toujours pas vous dire la raison exacte de tout ça, je ne suis pas parti à cause de vous. Aucune de vous n'est responsable de ma fuite. J'ai eu, même si ça n'a pas été facile pour moi ou si je n'ai pas été très expressif, ma joie, le bonheur indicible de mon retour, de nos discussions. Et… j'aimerais rester si vous me le permettez, rester un peu, ici ou dans un hôtel. Mais j'aimerais avoir votre accord…

Chacun doit reprendre ses esprits, revenir sur l'instant d'avant et tous mettent un moment avant de savoir que dire, que faire.
- Mince, c'est froid maintenant dit Isabelle mais le four est encore chaud, je vais remettre le plat 5 minutes et ça devrait être bon.
- Tu veux un coup de main ?
- Non, ce n'est rien, reste assise Margot, il n'y a que ça à faire.
Isabelle se lève pour remettre le plat au four avant de se rassoir.
- Merci ! Merci Hugo ! Pour ces mots, merci d'être là aussi. Ta présence est une espérance dont nous avions toutes besoin je crois.
- Oui ! disent les filles en cœur.
- Très bien. Cela peut paraître incongru peut-être mais je ne sais plus rien depuis si longtemps que je ne sais rien sur ce qu'il s'est passé ici depuis dans le coin.
Margot prend alors la parole.
- Oh, certainement beaucoup de choses mais par quoi commencer ? Il y a moins d'anglais dans le village qu'à l'époque, ils ont déserté car cela devenait trop cher pour eux ici du coup y'a beaucoup de maisons vides. Des commerces ont poussé un peu partout du coup c'est bien pratique pour maman qui n'a plus besoin d'aller à Carcassonne pour faire les courses. Maman a toujours les mêmes amis, ils ont vieilli

eux aussi et Jacques est mort d'un cancer il y a deux ans. À propos de mort, il est arrivé un drame à Limoux, tu te rappelles de…. ?
- Qui …?
- Mais non rien ! Non mais arrête là Margot, le père n'est pas venu ici pour entendre ces conneries. Tu fais chier putain !
- Mais toi tu fais chier Olivia !
- Arrêtez les filles, vous n'allez pas commencer, les tomates doivent être prêtes maintenant…

Hugo regagne sa chambre, c'était celle de Margot à l'époque. Il n'y reste pas grand-chose du passage de son ainée mise à part la tapisserie bleu ciel un peu éteinte par le temps et le soleil. Ils avaient en ce temps choisi avec Isabelle cette couleur durant sa première grossesse. Ils ne voulaient pas savoir avant la naissance le sexe de leur premier enfant, Isabelle parce qu'elle avait peur d'une erreur de diagnostic du gynécologue et Hugo parce qu'il aimait les surprises, ces choses de la vie qui arrivent de façons inattendues. Il aimait ça Hugo, les stupéfactions de la vie, ces inattendus qui vous tombent sur le bout du nez sans prévenir, ces moments qui se passent et qui ne peuvent se prévoir. Il était beau ce bleu, comme le ciel de leur histoire entre lui et Isabelle. De plus, le bleu ciel passe partout, s'accorde avec tout, avec un prince ou une princesse. Au milieu de la pièce, il y avait un grand lit et le long d'un mur, une sorte d'étagère faite de planches et de cases où un bordel monstre était posé dans un désordre singulier. Hugo s'avance et prend soin de fermer la porte doucement et en apercevant le verrou, s'enferme sans trop savoir pourquoi. Il n'y a plus un bruit dans la maison, on aurait dit que toutes s'étaient tues pour le laisser tranquille ou bien qu'elles avaient quitté la maison. Il avance près du lit et dépose son sac qu'il tient à bout de bras contre le cadre du lit puis s'assoit au bout comme s'il devait reprendre des forces. Il regarde çà et là ces murs qu'il avait lui-même restaurés et tapissés puis son regard s'accroche sur l'étagère. Non, ce n'est pas possible, se dit-il. Ce bric-à-brac était en fait tout ce qui restait de lui, de son ancien lui, de ce qu'il possédait alors. Tout y était, ses livres, sa collection de Stefan Zweig qu'il adorait tant, une version du petit prince illustré de Saint-Exupéry qu'il avait eu enfant par son grand-père paternel. Il y avait des coquillages qu'il avait remontés de ses toutes premières plongées, son couteau suisse, un couteau qu'il portait toujours sur lui, un héritage de son passage de jeunesse chez les scouts, des dessins de ses filles qu'il avait eus pour ses anniversaires et ses fêtes des pères. Des vieilles cassettes VHS avec ses films favoris, la collection des « Bronzés » puis certains films de Clint Eastwood. Il y avait « Sur la route de Madison » qu'il avait regardé quelques jours avant de partir, son chapeau de paille tressé... Comment oublier ? Puis des albums photos et des pochettes posées dans une sorte de patchwork. Tout était incroyablement propre malgré le foutoir, il n'y avait aucune poussière et Hugo se dit que ses affaires n'avaient jamais été oubliées, qu'elles étaient vues, usées de temps en temps. Sa vieille collection de vinyles est stockée à même le sol, il doit y en avoir une cinquantaine, juste à côté de sa vieille platine. Il les passe un à un et s'amuse à redécouvrir certains albums qu'il chérissait tant. Il adorait les Pink Floyd, le son enivrant et psychédélique de la guitare de David Gilmour. Il est là, encore là « Wish you were here », cet album stratosphérique. Il s'en saisit et allume la platine disque, le vieux témoin d'allumage orangé réveille en lui des heures passées devant l'objet. Il y pose comme il en avait l'habitude le disque en place avec délicatesse et minutie, c'était comme une sorte de rituel pour lui puis il lance la machine, sa rotation hypnotique avant de descendre doucement le diamant sur le disque. Le souffle démarre et sort des enceintes un bruit sourd typique du support. Le synthétiseur se lance, il y a comme une forme de mystère dans ce morceau, une musique qui appelle à la découverte, au mystérieux. « Shine on you crazy diamond ». Hugo monte le son aussi fort qu'il le peut puis s'assoit sur la moquette et s'adosse au lit. Son regard se perd dans le vide avant que ses paupières ne se ferment sous l'envoûtement. C'est la version de plus de vingt minutes, celle des parties I à IX, sa favorite. Il se sent alors comme léger, presque libéré, comme si rien de cette journée ne s'était passé. Pourquoi n'avait-il jamais voulu réécouter cette musique durant toutes ces années ? Il sentit des perles monter avec force, un sel rugueux et déchirant lui pousser de sous les yeux, avec une envie rageuse de sortir, de se libérer surtout. Il y était arrivé, il avait réussi l'épreuve. Il y en aurait d'autres mais celle-ci, celle tant redoutée prend fin à cet instant. Les vitres vibrent, Gilmour et Waters chantent à en faire trembler les murs et son corps. Combien ? Combien de larmes ont-elles pues couler sur ses joues à ce moment-là ? Il y a des fois où certaines choses sont incalculables, indénombrables mais une chose était sûre, toutes portaient le poids d'une épreuve passée. Chacune portait l'empreinte d'un de ses fardeaux et toutes avaient un sens propre, l'une après l'autre.

Le vinyle saute dans le bruit distinctif des disques qui se terminent tous avec le même son. Il ouvre ses yeux. Ils sont lourds, fatigués, comme s'il sortait d'un combat de boxe acharné. C'est tout son corps qui se sent endolori. Une sortie de KO. Hugo se met à basculer sur son flanc pour s'aider à se redresser et ne comprend pas sa position. Il est allongé à même le sol alors qu'il se croyait adossé au lit. Il pousse avec une force qui lui paraît surhumaine son corps meurtri et se relève avec souffrance. Dans la chambre, il y a une petite salle de bain avec une douche et un lavabo. Quand il avait su que son premier enfant serait une fille, sa princesse, il avait voulu lui faire sa propre salle de bain. Pour ses six ans, il avait même transformé son lavabo en une sorte de coiffeuse pour qu'elle puisse se faire belle comme aiment les petites filles de son âge. Il s'avance, se regarde dans le miroir et ne reconnaît plus le visage qui s'y reflète. Il y voit un homme vieilli, fatigué et triste. Il regarde ses rides, ses cheveux longs grisonnants et abimés par le sel, il regarde aussi sa barbe mal entretenue, drue et semblant cacher des choses malsaines à l'intérieur. Il ne reconnaît que ses yeux, sa couleur et la lueur qui en sortent lui rappellent ce même regard qu'il eut le jour de son départ dans le couloir. Il y a un mélange vague de tristesse et de mélancolie puis au milieu de son iris, une sorte de lumière, un feu presque éteint, presque invisible tellement la subtilité de l'éclat est dissimulée dans ce noir profond. C'est la lumière de l'espoir. Sur le lavabo se trouve son rasoir, celui qu'il avait laissé car il savait qu'il ne s'en servirait plus. Puis il y a un ancien flacon de parfum, 1881 de Cerruti. Il le regarde, pensif, se disant qu'il n'en avait jamais remis depuis, jamais plus il ne s'était parfumé. Il ouvre le bouchon et pulvérise dans le vide de la salle de bain un peu de fragrance qu'il hume avec une délicatesse rare puis ferme les yeux. Il se rappelle des instants précis où son parfum faisait ses œuvres. Ses yeux qui le regardaient avec tant de tendresse après s'être posé dans le creux de son cou. Hugo se saisit du rasoir puis après avec coupé le plus gros avec un ciseau se rase totalement la barbe. Tout au long de l'opération, il se regarde, il regarde ce visage qui change. Il se

touche le visage des deux mains et semble redécouvrir qui il était. Dans une sorte d'empressement, de folie passagère, il se saisit à nouveau des ciseaux puis se coupe une mèche de cheveux, puis deux puis tout y passe. Il mettra près d'une heure à se métamorphoser, les coups ici et là pour ajuster, pour équilibrer, pour redevenir celui qu'il était. Est-ce possible ? Est-ce moi ? Se dit-il à voix haute. Il prend le parfum et s'asperge un peu puis beaucoup. Il aimerait enlever deux décennies de suffisance, de puanteur, de cette odeur qu'il ne supporte plus et qu'il avait pourtant tant désirée.
Il est nu. Il est neuf. Son visage ne s'est finalement pas tant abimé que ça. Hugo se met à sourire, à rire même, une sorte d'euphorie s'empare de lui. Il vit comme une renaissance momentanée, un moment rare mais tellement jouissif. Après s'être regardé un temps qu'il ne saurait mesurer, Hugo se retourne et regagne la chambre. Il fait noir, le soleil s'est couché, il faisait encore bien jour quand il est entré dans la salle de bains. Il allume la lumière puis se dirige vers l'étagère et pioche au hasard dans les albums photos. Il n'y a pas de titre sur la tranche, ça sera « surprise ! » Il s'en saisit puis va s'allonger sur les draps frais. La douceur des draps le surprend, comme si son corps découvrait une nouvelle sensation, une nouvelle perception. Hugo se sent neuf, neuf et beau. Il se regarde, il observe son corps, un corps qu'il avait délaissé, oublié. C'était une enveloppe qu'il traînait tout le temps avec lui, un fardeau qu'il aurait aimé supprimer quelques fois. Son sexe, il bande, une érection magnifique, l'étendard sort ses plus belles couleurs. C'est jour de fête, c'est jour de gloire et son corps lui dit merci. Il se prend la

verge dure, cette bite inconnue parce qu'il ne l'avait plus vue ainsi depuis tant d'années. Il n'avait plus de vie sexuelle et s'était accommodé de ce sacrifice pour moins souffrir lui semblait-il. Il se branle, se masturbe doucement, comme s'il voulait sublimer l'instant, le rendre éternel. Dieu que c'est bon ! L'onanisme prend toute sa splendeur, toute sa définition dans des allers-retours extatiques et transcendants. Il jouit, un orgasme prodigieux qui met en branle ce corps nouveau, le sperme gicle avec force et il s'en trouve presque jusqu'au visage. Le discours de la luxure s'étend sur son ventre, sur sa poitrine. Il s'était senti Onan, ce fils de Juda, durant des années. Il se sentait celui qui avait trompé tout le monde et qui par punition s'était infligé tous ces sacrifices. Comme ce corps oublié, il ne se rappelait plus de son dernier orgasme, de la force de cette délivrance.
Il se saisit de l'album et l'ouvre comme s'il s'agissait d'un trésor. Biarritz, les vacances à Biarritz, ils avaient pris une petite location près de St Jean de Luz, une maison de pêcheur blanche avec des volets rouges et un petit jardin devant duquel on pouvait voir au loin l'Atlantique. Margot avait huit ans, Olivia en avait deux. Ils avaient passé à quatre, une semaine durant les vacances de la Toussaint. Ils s'étaient baladés en bord de mer, avaient visité l'aquarium et Hugo avait pris un plaisir indicible à montrer aux filles où se cachent les hippocampes dans les récifs, puis s'était émerveillé devant la fosse aux requins. Sur une des photos, il y avait une tarte aux myrtilles avec deux bougies, c'était l'anniversaire d'Olivia. Ils étaient là, tous les quatre à souffler son deuxième anniversaire. Sur la photo suivante, Olivia a la bouche dégoulinante de rouge violacé, ses joues aussi et un

sourire taché de morceaux déjà mâchés. Hugo eut un sourire large de se revoir ainsi, de se remémorer tout ça.

Ses paupières lourdes tombaient peu à peu sous le poids de la fatigue, de ses émotions aussi. Il n'avait pas dormi depuis presque deux jours et il s'effondra le visage rivé sur les photos qui se suivaient.

Un glaçon gigantesque, immatriculé comme un bateau, dérive sur une mer chaude. Octave Nolan est gravé sur les bords saillants du roc, des bords taillés comme une proue de navire. Lui, est dessus, c'est lui le capitaine mais il n'a pas de barre, pas d'instrument, rien qui ne le lui permette de maîtriser sa course qui va au gré des courants qui portent sa quille ténébreuse. Il est comme le petit prince, bloqué sur sa planète finalement pas si grande et où il se retrouve seul. L'eau est noire, incroyablement noire et même dans cette mer qui ne laisse aucune transparence, Octave voit un regard, un appel des profondeurs. Des yeux lumineux, profonds et semblant hanter sa partie sombre.

Sur une sorte de table, une tranche de glace, en fait une sorte d'autel, tout un équipement se présente à lui. Une combinaison, des palmes, un masque, un gilet stabilisateur, un détendeur et une bouteille de plongée. Il tressaille de savoir la tâche qu'il a à faire. Il lui faut s'équiper puis descendre au plus bas, voir ce qu'il y a au fond. Il lui faut plonger dans le noir, dans les ténèbres. Il a peur, il est effrayé mais qui peut résister aux chants d'une sirène ?

Le voilà dans le noir des abysses, dans ses profondeurs où l'oxygène devient poison et où chaque seconde scelle le sort de l'égaré. Il est là dans ce froid glacial et obscur, celui qui tétanise et libère aussi. C'est le froid qui réchauffe, qui soigne, qui soulage, le froid du passage.

En face de lui, se trouve la transparence de ce qui se cache au plus profond. Il n'y a qu'ici que l'on peut le voir, il n'y a qu'ici qu'il ne peut se voir. Les secondes s'égrainent et lèvent avec une beauté poétique la main de la faucheuse sur son scaphandre. Elle est là, intacte, comme dans ses souvenirs, juste derrière le miroir de ses fonds. Il la regarde encore, comme subjugué par la beauté du rare. Sa bouche se délie dans une béatitude qui n'existe que dans ces lieux, son cœur se calme et ne bat juste assez pour survivre au spectacle. Sa respiration s'en trouve étouffée et laisse le détendeur quitter sa bouche. Il sait mais ne fait rien, après tout il n'est là que pour ça, que pour revoir cette facette de lui si cachée. Il enlève son masque d'un geste lent pour apprécier le spectacle à sa juste valeur, de ses propres yeux. Le flou obscur dilate sa rétine pour absorber la moindre lumière qui s'échappe de ce roc. Ses mains nues et glacées se posent sur la paroi qui, pour une raison inconnue, se fait si chaude, brûlante même. Où en est le temps, où en est ce monde, pourquoi remonter alors que tout est ici, que tout a toujours été ici ? Est-il possible de pleurer sous l'eau ? Trouve-t-on cette sensation singulière en ces lieux, celui de ces perles chaudes qui coulent sur nos joues. Les larmes ont toujours une forme rassurante, elles apaisent et, même dans la solitude la plus profonde, nous libèrent d'une certaine empathie. Se peut-il qu'elle le regarde encore depuis ces tréfonds ? L'alarme de son ordinateur sonne. Depuis combien de temps l'alerte-t-il de sa conclusion funeste ? Il est trop tard, il a toujours été trop tard. Depuis la surface déjà il était trop tard en fait.

L'insouciance qui le fuit, il longe et longe encore ces parois mais ne trouve pas l'entrée qui lui offrirait sa sortie. La douleur s'en vient par spasmes, par secousses violentes, un appel à l'aide corporel. L'insouciance n'a pas de prix. Il perd la page, le vide le remplit. Il hurle, un hurlement sourd, qui ne libère que quelques bulles, des bulles divines, détentrices de son reste de vie. Il frappe et tente de toutes ses forces de traverser les parois de sa délivrance. Mais il n'en a plus la force, chaque coup perd de son intensité avec son corps qui l'abandonne. Un spasme et son corps avale cette eau salée et glacée, une fois, deux fois... Les poumons pleins, la faucheuse n'a plus qu'à baisser le bras pour s'emparer de cette enveloppe, elle attend qu'il la regarde mais dans un dernier effort, il lève la main et la pose sur la sienne comme pour la supplier de la laisser la regarder encore une seule seconde. Il donnerait son âme pour cette simple seconde. Oui, elle le regarde puis lui sourit. Un sourire chaud et incommensurable. Rien n'a changé alors !

D'où vient cette lumière ? Où est l'eau ? Octave se retourne et voit le soleil brûlant des Caraïbes. Lui est posé sur une sorte de sellette, la main sur le sommet qui était l'instant d'avant la plus profonde racine alors. L'iceberg s'est retourné mettant à jour 90 % de ce qu'il est à la vue de tous. La faucheuse a-t-elle fait son œuvre ? Le trépas est-il ainsi ? Ses yeux mettent du temps à se réhabituer à la lumière. Il cligne des yeux et entrouvre les paupières avec pénibilité. Il se retourne et regarde alors au travers de la paroi. Le flou ne laisse transparaître qu'une esquisse, le dessin maigre des contours. Quand enfin le net apparaît, il la voit, elle est là dans la glace, figée, belle, si belle mais enfermée à jamais dans le froid du souvenir.

Devant ses yeux alors une autre lumière, violente, invasive s'abat sur ses pupilles qui ne peuvent se refermer. Un hurlement retentit dans ces murs. Il a le corps bouillant, dégoulinant de sueur et son corps semble comme tomber sur l'instant. Il a le souffle court et alertant, le cœur à 200 pulsations par minute. Il se lève dans une précipitation grave et vient se mettre devant le miroir de la salle de bain. Il ne reconnaît plus son visage et voit sa transpiration qui a recouvert son corps. Avec sa main droite, il enlève d'un geste prompt les perles qui ruissellent sur son visage mais au moment où sa main se pose sur ses lèvres, il ressent une sensation étrange. Il lèche sa main puis comme s'il voulait confirmer un doute, se lèche le bras gauche. Sa transpiration est salée, comme une eau de mer, comme celle des pôles. Hugo se met alors à trembler, une oscillation faible au départ mais qui devient de plus en plus forte, presque violente. Il regarde sa main encore trempée et serre le poing avec force jusqu'à s'en faire sortir les veines du bras. Il lève alors ses yeux et se regarde. Il fait peur à voir. D'un coup son poing vient heurter sa poitrine avec une violence inouïe, un son rauque et puissant s'ensuit, un son sourd mais robuste. Un autre suit, puis un autre et encore un... Des larmes coulent de n'arriver à stopper ce maudit cœur qui malgré la violence des coups ne répond que par une tachycardie qui l'endurcit. Sa poitrine se met à rougir, à bleuir presque. Les coups ne trouvent de cesse que dans l'épuisement de ce corps meurtri.

Hugo s'effondre, à genoux, tête basse et tente de hurler. Sa bouche fait le geste mais aucun son ne sort de sa gorge. Il est si simple de redescendre, il ne faut que quelques minutes pour se retrouver si bas, dans ce noir sourd, face à l'extrémité cachée de l'iceberg. Il est si simple et si beau de se trouver ici. Au début, la narcose entame le cerveau dans une sorte d'euphorie douce. Cette drogue n'est pas interdite, elle est pourtant si forte, si accessible, il ne faut que trente mètres de fond pour en ressentir les premiers effets. Mais à partir d'une certaine profondeur, quand l'azote nous accorde les délices de son intoxication douce, c'est au tour de l'oxygène de prendre le relai. L'hyperoxie, qu'il est doux ce nom, il lui manque une syntaxe brutale, une de celles qui appelle à se méfier mais non, l'hyperoxie est juste un mot comme ce lieu auquel il prend effet, soixante-six mètres. On croirait le début des chiffres du diable. À ce stade, les effets passent par les troubles de la vue, la tachycardie, des troubles nerveux, les spasmes... les poumons qui brûlent et c'est l'arrêt respiratoire. Un aller simple pour l'enfer. Une froide douceur, une horreur lourde. Tous les plongeurs le savent, il y a un moment où il vaut mieux rester en bas.

Il se relève et se regarde à nouveau dans le miroir et ne voit aucun changement avec l'homme qu'il était la veille. Sa barbe sale et ses longs cheveux grisonnants sont toujours là, le parfum et le rasoir ne sont plus sur le bord du lavabo non plus. Un mal de ventre terrible se prend de lui et sans pouvoir se contrôler, il se met à vomir tout ce qu'il a dans l'estomac. Il tremble et sa peau est à chair de poule tellement il se sent froid. Il sait maintenant, il est en certain, rien n'a changé, rien ne changera. Il s'est trompé et il doit leur dire quelque chose, à toutes, leur dire la vérité, enfin !

Il est peut-être trop tard, songe-t-il, je ne peux pas changer de déguisement, je ne le peux plus. Il lui parait invraisemblable de quitter son monde, ses habitudes prises durant ces années et de se replonger dans un monde qui même s'il fut le sien ne l'est plus. Tout lui semble alors bruyant, odorant, dans une autre vie, un peu grossière à laquelle il aspirait avec une nostalgie secrète peut-être mais sans espérance particulière. « Il n'y a aucune issue ! » se dit-il à haute voix, en regardant ces objets qui lui avaient appartenus mais qu'il ne peut se réapproprier. « Je ne suis pas plus messie qu'acteur de cinéma ». Pendant ce court voyage, plongé dans ce demi-sommeil où l'esprit capitule et abandonne toute critique, il s'est laissé complètement aller, des images lointaines dans l'espace et dans le temps et des événements n'ayant rien à voir avec la situation présente avaient défilé devant lui et défilaient toujours. Des souvenirs où il avait été le protagoniste dans le passé et qu'il avait vécus comme humiliants, blessante à tort ou à raison. Il ressent à présent cette fatigue singulière, excitante, que l'athlète doit percevoir quelques mètres avant la fin de la course. Il peut encore soutenir son effort jusque-là, sans aucun doute, comme il l'a supporté jusqu'ici. Il tiendra pourvu que ce qui l'aspire vienne l'attraper avant qu'il ne s'écroule… Ce voyage, ce « tout » représente ses derniers mètres à parcourir. Ça n'allait plus durer longtemps maintenant. Il devine vaguement, au travers de ses yeux endoloris la ligne d'arrivée. L'effort va cesser et très bientôt il trouvera le repos. « Il n'y a aucune issue » se répète-t-il.

- Ça va papa ? J'ai entendu que tu étais malade ?
- Ah oui, non tout va bien ma princesse, j'ai dû mal digérer un truc certainement, tu sais, je n'ai pas l'habitude de manger beaucoup et hier soir j'ai sûrement trop mangé. Mais y'a rien de grave. Ne t'en fais pas.
- On a préparé un petit déjeuner dehors, il fait beau ce matin, tu viens ?
- Oui... oui j'arrive.

Sur la table, tout y est, pains, confitures, miel, chocolatines et croissants... Comme pour son accueil, il y a une quantité incroyable de sucreries et un soin particulier à orner la table de couleurs avait été pris. Des fruits ont été posés de sorte qu'il fasse de l'étal un tableau de printemps.
 Au petit déjeuner, il les verra avec un sourire le regarder comme si elles étaient heureuses. Il prend une chaise puis s'assoit. Il a le visage fermé et appréhende ce qu'il va dire.

- Tu as bien dormi Hugo ? lui demande Isabelle
- Oui, très bien. J'ai vu que vous aviez gardé mes affaires et... enfin... ça m'a touché.
- En bien j'espère, lui retourna Isabelle. Nous n'avons rien jeté, tout gardé. Après ton départ et jusqu'à la première carte, nous n'avions rien bougé dans la maison. Puis petit à petit, nous avons mis tes affaires là-haut, une à une et... enfin tout s'est retrouvé dans la chambre de Margot.
- D'accord, si je suis revenu... Hugo prit un temps long, il déglutit plusieurs fois et prit comme un ton grave. Je dois faire un truc, je dois voir quelque chose, seul, vérifier si... Il eut un rire de gêne. Je dois vous laisser, enfin, je vais revenir

hein mais je dois confirmer quelque chose, vérifier une chose qui m'est essentielle.
- Mais vérifier quoi ? On est là, on est toutes là ! Je comprends pas Hugo, tu pars des années sans donner de nouvelles puis tu reviens et... enfin mais tout était bien hier soir non ? Je ne comprends pas. Hugo ?
- Je sais Isabelle, je sais mais je dois le faire. Je ne peux pas rester ainsi sans savoir.

Hugo avait beaucoup prié durant son absence. Il n'était pas croyant mais il avait en lui une foi qui ne l'avait jamais quitté depuis toutes ces années. Bien sûr qu'il voulait les voir, les sentir, les tenir dans ses bras et il avait prié pour que son retour se passe ainsi. Mais il n'avait pas claqué la porte pour ça et n'était pas revenu que pour ça. Cette nuit, l'homme avait vu ce qu'il devait faire pour trouver sa rédemption, son salut. Il faisait ce même rêve depuis des années sans en avoir compris le sens. Il devait retourner dans ses fonds, retourner voir si ce qu'il a vu et qu'il a si difficilement enfoui, qui s'est inscrit au plus profond de son être était toujours là. Il se saisit la tête et aurait voulu la claquer contre un mur. Il avait par son geste plongé Isabelle dans un désarroi grave, Margot dans un espoir sans lendemain et Olivia dans une déchéance singulière. Toutes portaient ses cicatrices. Des empreintes qu'il n'avait jamais voulues pourtant. Il les aimait, il les avait toujours aimées. Mais, il avait voulu oublier, partir pour ne plus voir, pour ne plus sentir et ressentir l'indicible. Il avait essayé d'oublier, il voulait oublier ce dessein qu'il croyait sien. Mais tout était encore là après tout ce temps. Rien n'avait changé ni même effleuré sa vérité. Il était là pour revoir ce jour d'avril, revoir l'ineffable, l'indescriptible qu'il a toujours eu.

Il y a des rêves qui ne s'effacent pas, qui même si l'on sait qu'ils font partie de l'onirique, ne demandent qu'à remonter à la surface. Ce rêve était sa réminiscence, son message d'une autre vie, sa quête. Il y en avait eu d'autres, mais celui-ci était le seul à ses yeux.

Margot vint se mettre au-dessus de son père, pour le rassurer, pour guérir cette chose qu'elle ne pouvait comprendre avec un peu de son amour.

- Vas-y papa, ce n'est pas grave, on se revoit plus tard, quand tu as fini.

Olivia saisit la main de son père qui la regarda au fond des yeux. Margot s'efface comme si elle voulait partager le temps avec sa sœur et sa mère. La cadette se met à sa hauteur puis lui chuchote à l'oreille

- Viens, j'ai une chose à te montrer.

« Maman, j'emmène Hugo avec moi, on prend du pain pour ce midi au retour. »

Isabelle et Margot sont dehors, encore attablées au petit déjeuner et voient Hugo et Olivia sortir du garage.
- Quoi ?
- On va faire un tour, on prendra du pain au retour.
 Olivia annonce, comme ça, sans même les regarder, sans même se retourner. Sans explication.
- Comment ça du pain ? Mais il y en a encore... Olivia, vous allez où enfin... Olivia !?

Olivia emmène Hugo vers sa voiture, une vieille Renault Clio déglinguée. La porte grince comme celle d'un vieux manoir et claque dans un bruit de ferraille qu'on entasse. Avant de monter, Hugo regarde les deux femmes qui ne comprennent pas ce qu'il se passe, et eut pour elles dans les yeux comme un pardon qu'il voulait leur adresser. Elle allume le vieux moteur qui se met à tousser avant de fonctionner normalement et se tourne vers Hugo pour le regarder profondément dans les yeux. Hugo sent en elle une différence. Elle avait certes été brusque et violente dans son attitude depuis lors mais à cet instant il lui semblait qu'il était face à quelqu'un d'autre, de différent. Dans le regard d'Olivia, une forme de défi prend place, ses yeux gagnent en profondeur et son visage devient comme incisif. Il crut qu'elle allait lui sauter à la gorge. Il est face à une lionne.

- Ça va pas être long, dit-elle avec une froideur glaçante. Semblable à la voix d'un boxeur avant un combat, celle qui a pour but d'intimider mais surtout de désarçonner son adversaire sans même avoir posé la main dessus. Une voix de film d'horreur. Hugo ne répond pas et ne sait pas pourquoi Olivia avait tant insisté pour qu'il vienne faire cette course si soudainement. Au passage dans le garage, elle lui avait juste dit qu'elle devait l'emmener quelque part, lui montrer quelque chose. Il quitte le regard de sa fille dans une fuite, une autre encore. Une épreuve de plus, une fuite de plus.

Olivia roule doucement et ne dit rien. Elle n'a pas allumé la radio et a même pris le soin de l'éteindre quand la voiture s'est mise en route. Hugo avait à cet instant pensé que ce geste annonçait une discussion, une écoute particulière, qu'elle voulait lui dire en privé. Mais rien ne sort de la bouche de la jeune femme. Malgré la chaleur de ce jour, Hugo sent en lui comme un courant d'air froid, un frisson qui le transperce. Sa peau se met alors à trembler et eut la chair de poule. Hugo regarde ses mains qui tremblent et tente de les calmer en les serrant l'une contre l'autre aussi fort que possible. Olivia se met à rire, un rire court et franc. Elle se met à sourire et se met à siffler un air d'un autre temps, un air aussi vieux qu'elle.

Le chemin les mène vers Limoux, une ville qu'il avait très bien connue. Au fil de la route, Hugo revoit en lui les nombreux allers-retours qu'il avait pu faire au travers de ces gorges qui séparent Alet les bains de Limoux. C'était une route qu'il prenait pour le travail, pour les loisirs de tous, pour les courses...

Dans la ville, Olivia se dirige dans une direction précise, un lieu qui donne de nouveaux frissons à Hugo qu'il avait à peine réussi à calmer un peu. Au fur et à mesure un lieu bien connu se rapproche. Plus ils s'en approchent et plus Hugo frissonne.

Olivia arrête la voiture. Rien n'a changé, le décor est absolument identique à ses souvenirs. Elle coupe le contact et se tourne vers lui et dit :

- C'est ici... Tu viens ?

Hugo, les yeux brillants, déglutit de façon nerveuse avant de suivre Olivia avec hésitation. Ils sont face à un parc, un parc municipal un peu sauvage, un de ceux qui sont laissés à l'abandon parce qu'isolés du centre ville et très peu fréquentés.

Olivia s'avance dans le parc, vers un chêne, un arbre remarquable et immense. Hugo la suit en mettant une distance. Plus il s'approche de l'arbre, plus sa marche ralentit. Il doit récupérer près de dix mètres quand Olivia marque un arrêt à quelques mètres de ce chêne. Bientôt Hugo arrive à sa hauteur. Tous deux ont les yeux fixés sur cet arbre et durant près de cinq minutes, personne ne dit mot.

- Tu vois Hugo, il y a maintenant vingt et un ans, je faisais de la danse dans cette salle de sport là-bas. Tu dois le savoir, c'est toi qui m'y amenais à chaque fois, tu insistais même pour m'y amener, à chaque fois ! Un jour, je m'étais fait un peu mal, rien de bien méchant mais je m'étais un peu tordu la cheville. Ma prof m'avait soignée et m'avait demandé de marcher un peu dans une autre salle. Une salle dont les fenêtres donnent sur ce parc.

Hugo déglutit et écoute Olivia sans quitter l'arbre des yeux, il lui est impossible de regarder la jeune femme, impossible de confronter le regard de la fille qui s'était tournée vers lui depuis qu'elle s'était mise à parler. Impossible de regarder sa fille dans les yeux.

- C'était un mercredi après-midi, tu te souviens ?... Oui, tu te souviens, tu sais même précisément de quel jour je parle... Je t'ai vu, tu étais là à côté de cet arbre... Mais tu n'étais pas seul, il y avait une femme adossée à ce tronc, ce même tronc que tu regardes et que tu ne quittes pas des yeux depuis près de dix minutes maintenant. Vous vous regardiez intensément et tu lui tenais la main. Vous discutiez puis tu l'as embrassée avant de te mettre à genoux devant elle, j'ai tout vu, j'ai rien raté. Tu es venu me récupérer à la fin du cours une heure plus tard. Quelques jours après, tu as disparu pendant vingt ans.

Hugo se mit à pleurer doucement sans quitter l'arbre des yeux. Ses mains se mirent à trembler et son corps se mit à avoir des spasmes.

- Hugo ! Je savais qui était cette femme ! Je ne l'ai jamais dit à personne. Je l'ai gardé pour moi durant toutes ces années jusqu'à ce que tu nous envoies ta dernière carte. Ce jour-là, j'ai su pourquoi tu revenais. Alors je suis allé la voir, elle habitait toujours au même endroit tu sais. Puis je ne l'avais jamais vraiment perdue de vue.

Hugo se retourne alors vers sa cadette, ses yeux sont rouges et des larmes découpent son visage. Olivia prend alors un autre ton. Ce ton qui depuis leur arrivée était un peu nonchalant, froid et détaché prit une tournure tragique et autoritaire. Sa voix se teint d'une douceur sombre, sa voix douce sonne comme celle d'un magistrat sadique qui annonce la sentence du condamné en ce lieu, ce purgatoire.

- Oui, je suis allée lui rendre visite. Elle savait qui j'étais mais faisait semblant de ne pas me connaître jusqu'à ce que je lui parle de toi. Je lui ai dit que je voulais lui parler de toi, que j'avais eu de tes nouvelles. Elle m'a invitée à entrer, elle était seule cet après-midi là. Elle m'a offert un thé et quelques biscuits, le tout avec un joli sourire. La conne ! Crois bien que j'ai laissé durer le plaisir. Je suis restée une heure en lui disant quelques bobards inventés pour l'occasion. Elle avait alors un sourire incroyable. Puis je lui ai dit que j'avais reçu une lettre des autorités Mauriciennes. Je ne savais pas si tu lui écrivais aussi mais vu sa réaction, disons que j'avais tapé dans le mille. Une lettre destinée à tous mais que j'avais interceptée. Je lui ai dit que tu t'étais pendu sur un chêne, dans un parc botanique, au nord de L'île. Sur le seul chêne de l'ile. Les autorités avaient trouvé sur toi une lettre qui lui était destinée.

- Non, t'as pas fait ça ? Olivia... mais pourquoi ?... Olivia ?

Elle toise Hugo sans retenue, avec dans le regard, une haine et une satisfaction combinées. La vision de son père qui agonise sur place entraîne chez elle une forme de jouissance qui engrange plus de sadisme encore dans l'intonation de sa voix.

- Je lui ai dit que j'avais lu cette lettre, qu'elle disait que tu ne supportais plus son absence, cette promesse brisée et que tu t'étais donné la mort à cause d'elle. Elle a chialé d'un coup, comme une connasse et je me suis cassée. Olivia se met alors à rire de façon diabolique.

Bah, tu sais quoi ? Je te le donne en mille. Tu le vois ce chêne ? Bah ta chère et tendre y était pendue la semaine dernière. Ça a fait le tour de la ville, personne n'a compris. Elle laisse derrière elle un vieux con de veuf et une gosse de mon âge. Elle était en étude de vétérinaire si je me souviens bien. Elle n'ira pas plus loin. Pauvre Inès !

Hugo s'effondre à genoux comme écrasé par le poids de son âme et se tente à dire quelque chose mais suffoque. Il ne trouve plus son souffle. Il regarde Olivia et tente de l'agripper. Il a envie de la tuer, de l'étrangler mais il ne peut pas. Il ne peut pas, c'est au-dessus de ses forces.

Olivia le regarde agoniser et laisse découvrir sur son visage un sourire de satisfaction, un sourire sadique et cruel. L'aboutissement de sa vengeance était parfait. Olivia avait pris avec elle un sac qu'elle gardait à bout de bras. Pendant qu'Hugo agonise de douleur à ses pieds, elle ouvre le sac et en sort une corde qu'elle lui jette aux pieds.

- Tiens, c'est la corde qu'elle a utilisée la semaine dernière ! Par contre elle n'a pas laissé de lettre elle ! Si tu veux savoir, tu lui demanderas là-haut.

Hugo lève ses yeux bouffis par le chagrin vers elle et n'a aucun mot. Il se saisit de la corde la regardant comme un objet précieux et sacré. Il se met à la sentir et après quelques secondes, la prend dans ses bras comme s'il serrait une personne puis s'effondre en sanglots. Olivia n'avait pas menti, Inès avait un parfum singulier, une odeur qu'il n'avait jamais pu oublier.

Olivia retourne à la voiture et en sort un petit escabeau, laissant derrière elle son père dans sa souffrance. Elle retourne vers le chêne et le pose sous une grosse branche avant de s'en retourner.

Hugo, dans un effort qui semble surhumain se lève afin de se diriger vers l'arbre, il jette la corde au-dessus d'une branche solide et prépare lentement un échafaud. Il prend soin de nouer la corde au bas de l'arbre puis prépare le nœud coulant. Il fait tout ceci avec une simplicité qui laisse croire qu'il avait probablement déjà fait ces gestes auparavant. Le parc est désert en cet endroit. Seuls quelques initiés le connaissent. Hugo met près de dix minutes à préparer son jugement. Il pose son sac et en sortit son livre, ces feuillets qui semblent si secrets et le pose au pied du chêne.

Hugo, debout sur les marches ouvre le nœud et passe sa tête au travers de la boucle. Il vient un temps où l'on attend la mort en espérant la vie, où le manque devient le trop. Il regarde Olivia sans dire quoi que ce soit durant quelques secondes. Ses paupières n'ont plus la force de porter son orage. Entre les deux, il aurait été impossible de savoir si cette étape est une incommensurable preuve d'amour ou de haine. Hugo baisse le regard avant de relever ses yeux pour affronter une dernière fois sa fille. Puis sa bouche se met à bouger, ses lèvres remuent semblant dire quelque chose. Olivia ne sut s'ils lui étaient destinés ou s'il se parlait à lui-même. Une dernière larme coule de son œil gauche, une perle lourde et épaisse puis il dit haut et fort « Adieu mon amour » avant de se faire basculer.

Hugo remue près d'une minute avant de lâcher un dernier râle, un dernier spasme sous les yeux d'Olivia qui ne rate pas une miette de ce macabre spectacle. Les yeux exorbités et le visage rouge de ce sang qui ne demande qu'à exploser dans une image étrange. On aurait dit qu'il lui avait fallu du courage et beaucoup de souffrance pour en finir mais il est inscrit aussi sur le visage d'Hugo une forme de paix, de soulagement, de libération.

Elle prit alors son téléphone portable avec une assurance grave et désinvolte sans quitter des yeux le corps de son père qui se balance au gré d'une brise naissante et dit :
- Oui allo, je viens de trouver mon père pendu à un arbre dans le parc… Non, quand je suis arrivée, j'étais partie acheter du pain… Oui, dépêchez-vous !

Journal d'Hugo 19 avril 1996 :

Il y a parfois des moments où l'on doit fuir. Dans certains cas le choix de partir n'en est même plus un. Fuir parce que c'est vital, fuir parce qu'on ne peut plus rester dans ce qui ne semble que souffrance. Fuir parce que rester nous est impossible, létal même. Partir loin…